님께

_____

주어진 하루를 늘 그렇듯 묵묵히
하나씩, 지워내길 응원합니다,
그리고
행복하다는 소식이 들렸으면 좋겠습니다

마흔아홉까지 오십하나부터

초판 1쇄 인쇄 2022년 11월 1일
초판 1쇄 발행 2022년 11월 10일

지은이 백부장
펴낸이 백유창
펴낸곳 도서출판 더 테라스

신고번호 제2016-000191호
주   소 서울 마포구 양화로길 73 체리스빌딩 6층

Tel. 070.8862.5683
Fax. 02.6442.0423
seumbium@naver.com

ISBN 979-11-979568-2-9 03810

값 14,800원

마흔아홉까지 오십하나부터

젊어지고 있지만 감당하기 어려운 | 살수록 쓸모가 있어졌다

도서
출판 **THE TERRACE**

목차

「나때는 말이야」

Remember 01 기억이 많다는 것, 참 괜찮은 삶이라는 말

Now 02 **나답게 사는 지금이 좋다**

The Next 03 짊어지는 삶에서 감당하는 삶으로

프롤로그

낙서처럼 몇 자 적어놓은 사적인 문장들이 한 권의 책으로 나오
게 될 줄은 생각해 본 적이 없었다. 늘 그렇듯 별반 다르지 않고
큰 변화도 없는 일상을 지날 때 마주하게 되는 어느 순간, 불현듯
마음에 다가오는 감정들을 간단한 문장으로, 단어로 메모하고 적
어놓았던 어디에나 자유로이 붙일 수 있는 포스트잇과 같이 정돈
되지 않는 글들이었는데 책을 낸다고 하니 걱정이 노크도 하지
않고 덜컥 문 열고 들어온다.

책으로 내기 위해 수십 번을 다시 보고, 볼 때마다 수정하고 또
수정해도 느끼는 건, 정리되지 않는 문장들과 정제되지 않은 단
어들, 그러기에 나만의 소소한 취미이자 감춰진 행복으로 남기
는 게 좋을 것 같아서 책으로 내기로 마음먹었으면서도 다시 접
을까, 수십 번도 더 고민했다. 끊임없이 고민했다고 하는 게 맞을
것이다.

그러나 제대로 된 책이 아니어도 책을 내고자 한 이유는 무엇일
지, 프롤로그를 쓰면서 곰곰이 생각해보니 거창한 이유 역시 없
는 거 같았다.

이제는 100세 인생이라 했던가. 마흔 아홉을 넘어 오십을 지나

는데 인생을 다시 잘 계획하기보다 오십이 오기까지 살아온 삶을 정리해 하나 남기는 것이 있었으면 했다. 단지 그게 책이었고 또 하나는 지금 아니면 책을 낼 용기? 아니면 객기라도 못 낼 거 같았기 때문이다.

본의 아니게 이 책을 쓰면서 오십이 오기까지의 삶을 바라볼 수 있어서 좋았다.

또 그 삶이 지나온 순간마다 희노애락이 없었던 적은 한 번도 없었으며 언제나 삶은 꼭 부산물이라도 남겼는데 굳이 평가하자면 사람들이 성공하는 삶으로 알아주진 않아도 나름대로 실망하지 않는 꽤 괜찮은 삶이어서 좋았다. 그리고 꽤 괜찮은 삶이 오십 그 이후에도 살아질 수 있다는 믿음을 갖게 되어 더 좋았다. 지나야 할 삶은 지나온 삶에 비례하지 않는가. 어쩌면 이제 미생을 지나 완생을 바라볼 수 있을 법도 되지 않았는가!

책이 나오기까지 별 것 아닌 글들에 애정을 쏟아주신 출판사에게 감사를 드린다.

그리고 모든 글이 좋지 않다는 걸 알고 있지만, 이 책을 접하고 읽게 되는 오십의 그 누구 단 한 사람, 그 사람이 책 어딘가 쓰여 있는 단 한 문장에 공감할 수 있으면 그것으로 충분하다. 더할 나위 없이 행복할 것이다.

고맙다

고맙다. 이렇게 살아있어서 고맙다.
짧다면 짧은 세월, 지금 반환점을 경유하는지 모르겠으나 어찌
됐던 힘이 들더라도 살아서 숨을 쉴 수 있어서 고맙다.

고맙다. 나름 건강하게 지내고 있어서 고맙다.
남은 생의 날들 가운데 아프고 아플 때가 반드시 찾아오겠지만,
지나온 오십의 시간 동안 큰 아픔이 없었기에 남은 날들 역시 큰
아픔이 없을 것이라는 믿음을 갖게 해줘서 고맙다.

고맙다. 열심히 살아온 모습 그대로 잊어버리지 않고 살고 있어
서 고맙다.
이제 절반을 살아보니, 준수하고 평범하게 살아온 삶이었지만,
결코 쉽지 않은 삶이었다는 것을 깨닫게 되어 소중하지 않았던
순간이 한 번도 없었음을 알게 되어 고맙다.

고맙다, 혼자 살지 않도록 해줘서 고맙다.

어디서든 시작할 곳이 있었고, 다시 들어갈 곳이 있게 됐으니 고맙다. 그리고 거기에 소중한 사람들이 있게 해줘서 고맙다.

그러기에 외로움과 적막함으로 살아가는 인생을 경험하지 않게 해줘서 더 고맙다.

고맙다. 또 살아갈 용기를 갖게 해줘서 고맙다.

지나온 오십의 인생과 똑같은 길로 가야 할 오십을 산다면 얼마나 의미 없는 삶이 될 뻔했는가. 그래도 지나온 오십을 통해 앞으로의 오십을 그릴 수 있게 돼서 고맙다.

진심으로 고맙다.

이런 이야기
돈주고 들어야해

어.. 얼마면 되나요?

「나때는 말이야」

젊어서 고생은
사서도 하는거야

계산이나 하시죠?

「나때는 말이야」

Remember 01

기억이 많다는 것,
참 괜찮은 삶이라는 말

나쁘지 않았어
괜찮았어

뿌듯해
대견해

행복해
즐거워

10년이면 강산이 변한다?
두 번도 넘게 변한 것 같아

아마 우리의 부모님 세대 대부분은 6.25 전쟁을 경험했을 것이다. 6.25 이후로 우리나라는 고도의 산업 성장의 시대로 진입했지. 그야말로 지금은 꿈도 꿀 수 없는 고성장의 시대, 무슨 일이든 해야만 했고 할 수 있었던 시대, 그리고 마지막이라 할 수 있는 베이비 붐 시대. 그 끝에 걸려서 태어나 살아가고 있는 게 지금 나다.

몇 년 전. 한참 주목을 받던 책이 있다. 〈한 번도 경험해보지 못한 나라〉. 내용과 무관하게 적어도 나에게는 그랬다. 모든 게 한 번도 경험해보지 못한 일들의 연속이었고. 경험하지 않으면 안 되는 순간들이었으며 필히 버텨야 하는 사회였다.

내가 초등학교(국민학교) 시절 10.26이 일어났으며 곧이어 12, 12로 군사정권이 다시 시작되었다. 그때는 어렸기에 나라가 어떻게 된 건지, 5.18이 도대체 뭔지 알 수 없었으며 알려주지도 않앉다. 그저 교복을 안 입게 되어 마냥 좋은 학생일 뿐, 그렇게 중고등학교 시절이 끝나갈 무렵 88올림픽이 열리고(아마 내 기억엔 올림픽 개최일이 임시 공휴일 아니었나 싶다) 그렇게 나의 학창시절이 끝나고 대학 생활이 시작되어 어릴 적 몰랐던 진실을 하나, 둘 알게 되고 아! 이렇게 사회가 권력을 잡은 누군가에 따라 움직이는구나 깨닫게 된다.

왜 나는 10년이면 강산이 두 번도 넘게 변하는 것 같다고 처음에 이야기했을까. 지금부터다.

대학을 들어가니 데모가 끊이지 않았어. 근데 세상이 원해서일까? 학생운동의 영향일까? 세상이 바뀌더라고, 군사 독재가 끝났지. 백담사로 가고, 감옥으로 가고, 그렇게 군사 독재의 종말을 볼 수 있었지.

그리고 대학에서 시험을 보게 되면 시험도 보지만. 과목에 따라 리포트로 대체하는 경우가 종종 있었어. 근데 이 리포트가 말이야, 손으로 쓰느냐, 아니면 타자기로 치느냐에 따라 학점에 차이가 생기는 경우가 있더라고. 그리고 군대를 갔다 와서 복학을 한 후 보니 이제 타자기는 완전 구시대의 산물이 되버렸어. 슬슬 컴퓨터가 대체하기 시작한 거지. 아. 잠깐이지만 전자타자기가 그 자리의 주인공이 되어버린 시기도 있었어.

말 그대로 잠깐, 이 전자타자기의 시대는 금방 끝나버리더라고, 본격적으로 컴퓨터의 시대가 열린거지. 한글이니 워드니 엑셀이니, 나도 직장생활을 시작하니 컴퓨터 문서프로그램이 기존의 문서 업무를 다 대체하더라고. 이게 끝인 줄 알았지, 기술은 발전은 한계가 없어, 핸드폰의 시대가 시작된거야. 지금 벽돌 핸드폰이라 불리는 그때부터 본격적으로 말이야.

여기서 한 가지 중요한 사건이 있어. 바로 IMF야 모두가 금을 모을 그 시절 파산은 없다던 은행이 문을 닫고 먹히고 먹던 그 시절, 아마 이때부터 우리나라에 사업에 직장에 연봉제가 도입된 것 같아. 다시 말해 이전에는 직장에 정년이라는 개념이 있었는데 IMF를 지나면서 이게 없어지기 시작했어. 이때부터 계약직이 생기고. 사회가 새롭게 판이 짜여진거지.

다들 알다시피 핸드폰이 발전에 발전을 더해 손안에서 모든 것을 해결하는 시대가 왔어, 이젠 하다하다 모든 것이 5G라는 이름으로, 버튼 하나로, 클릭 한 번으로 해결되고 시대가 바뀌고 있는 것을 체감할 수 있어. 우리 나이 정도 되면 사회 경험이 적게는 20년, 많으면 30년 정도 되는데 25~30년 사이 시대가 변한 걸 생각하니 변해도 너무 변한 삶을 살고 있더라고,,,,,

나의 20대는 그렇게 손글씨로 시작해서 지금 오십까지 세상이 상전벽해로 변하더라고. 불과 20-30 년 사이에 말이야. 그래서 말인데 우리는 지금이라도 서로가 서로에게 대단하다고 격려라도 해야 하지 않을까. 이런 초스피드로 변화한 시대에 굴하지 않고 여지껏 잘 버텨가며 나름 잘 살고있으니 말이야.

처음 사회에 나온 그땐 다 될 줄 알았지

지금이야 세상이 변해서 대학도 웬만하면 어느 곳이든 갈 수 있어 대부분은 대학 졸업, 이력서에 최종학력을 '대졸'이라고 적어놓을 수 있다, 그러나 그 시절에는 그렇지 않았다. 고등학교를 졸업하고 바로 사회에 나가는 친구들도 참 많았던 시기이다. 그래서 그런지 주변에 고등학교를 졸업하고 바로 직장생활을 시작하는 친구들을 적지 않게 볼 수 있었다. 떠밀려 사회생활을 시작하기도 하고 어떤 친구는 필연적으로 일찍부터 사회생활을 시작해야만 했었다.

그렇게 시작한 사회생활에는 꿈이 다 있었다. 꿈이 없이 시작했더라도 꿈이 생겼다. 집에 얼른 도움이 되어야 한다는 책임. 더 잘 살아야 한다는 꿈, 빨리 돈 벌어서 자립하겠다는 꿈, 주경야독을 힘들게 마칠 때쯤 더 나의 가치를 높여서 높은 곳으로 올라가겠다는 꿈. 각자의 상황은 다르지만, 그래도 장밋빛 미래를 그리며 꿈을 꾸며 살 수 있었다.

나 역시 그랬다. 대학을 졸업하고 직장생활을 시작할 때도 나는 빨리 이곳에서 자리 잡고 좀 더 이른 시간에 좀 더 높은 곳으로 올라갈 줄 알았다. 그러나 막상 시작하고 나니 느끼는 건 사회 초년생의 현타. 거쳐야 할 과정과 올라가야 할 계단은 생각지 않고 내가 원하는 꿈만 그리고 있었던 것이다.

5년 후에 첫 직장에서 퇴직하고 지금의 일을 하기까지 15년의 직장생활을 더 했다. 처음 꿈꿨던 꿈은 도대체 어디 갔는지도 모르게 말이다.

그땐 다 될 줄 알았다. 금방 성공하고, 빨리 집을 사고, 가정을 이루고, 내가 꿈꾸던 삶을 지금의 나이가 되면 누리고 살 줄 알았다. 아니더라.

꿈을 꾸고 그대로 이루기도 하지만 꿈을 잃어버리는 대신 경험을 얻고 인생을 학습하고 배움을 얻는다. 그리고 꿈도 변한다. 그리고 꿈을 꾸는 것이 중요한 것이 아님을 알게 된다. 지금이 얼마나 중요한지, 지금 나는 내 삶에 만족하고 있는지.

꿈을 이루기는 정말 어렵다. 하지만 지금 내가 하고 있고 할 수

있는 일이 꿈같은 일이라면 꿈을 꾸는 것에 비교할 수 없게 행복

하지 않을까.

지금도 꿈꾸고 있는 것 같아.
　　해야할 일을 찾았고 하고 있으니까.

마흔이홉까지 어쩌면 하나부터

동네가 없어졌다

철수 엄마, 오늘 우리 아들 좀 밥 먹여서 보내줘,

영희 엄마. 내가 오늘 일찍 외출해야 되는데 우리 애들 학교 좀 같이 보내주면 안될까. 지훈아, 너 얼른 와 봐, 이거 니 엄마 좀 갔다줘.

동네, 지금 기억해보니 그때는 몰랐지만 사람 사는 게 이런 맛이 었구나 하는 생각이 든다. 감자 한바구니, 고구마 한 소쿠리, 밥 한 공기, 소소한 정이라도 서로 나누면서 살았던 그때가 엊그제 같은데 지금은 꿈도 꾸기 어려운 세상이 되어버렸다.

나 역시 어릴 때 유년 시절을 동네라는 이름을 붙일 수 있는 곳에서 보냈다. 작은마당이 있는 집들이 옹기종기 붙어 있는 서울의 어느 변두리에서 아침저녁으로 애들은 애들대로, 어른은 어른대로 와자지껄, 그런 소리가 하루도 멈추지 않는 그곳에서 살았다. 때론 해 질 때까지 바로 앞 공터에서 축구며, 팽이치기, 다방구. 놀 수 있을 때까지 죽어라 놀았고. 또 어떤 날은 동네에 무슨 일이 났는지 싸우는 소리로 쉽게 잠들지 못하는 밤도 부지기수, 그렇게 서로 삐지고 부딪히며, 치유하고 아물며 살아왔던 그때가 추억으로 쌓여있다.

이젠 그런 동네는 쉽게 찾을 수도 없다. 동네가 개발이란 단어 앞에 하나씩, 둘씩 없어지고 그 자리에 신도시란 명칭으로, 아파트라는 이름을 달고, 오피스텔이라는 이름으로 높은 건물들이 들어왔다.

예전 거기서 왼쪽 골목으로 돌면 파란 기와집이 나와, 보이지! 앞으로 쪼금만 오면 세 번째 보이는 그 집이 바로 우리 집이야, 라는 친절한 설명에서 ○○아파트 몇 동 몇 호로 오면 돼, 하고 이미 바뀐지 오래다.

내가 사는 동네는 없어지고 동이 생겨버렸다. 이제 대부분 동네가 아닌 동에서 산다. 프라이버시를 존중한다는 이유로 내가 사는 공간 이외에 꽉 막혀버린 사방에서 그렇게 살아간다. 사람이 부딪히는 게 그리워서. 외로움에 지쳐서. 사람들 속에 살고 싶어서, 그래서 1988, 1994 드라마 같은 레트로에 더 없이 열광했던 건 아닐까.

첫 마음

살다 보면 잃어버리고 찾을 수 없는 것이 한두 가지가 아님을 깨닫는다.

사람을 잃어버리고. 사랑을 잃어버리고. 부를 잃어버리고. 직장도 잃어버리고.

타인도 알 수 있는 만큼 눈에 보이는 잃어버린 것들이 셀 수 없이 많은데, 하물며 마음에서 잃어버리고 벙어리 냉가슴 앓던 일들은 얼마나 많았을까!

잃어버린 그것들 때문에 가슴이 아픈 날이 얼마나 많이 있었을까.

잃어버린 것 가운데 가장 소중한 것이 있다면 아마 첫 마음 아닐까.

사람을 만나고 사람을 얻기 위해 가졌던 이 사람, 참 괜찮네, 라는 첫 마음.

나는 이렇게 해서 이렇게 하면 성공할 수 있다며 단단히 마음먹

었던 첫 마음

사랑하는 사람을 만나면 늘 잘해야지 라는 첫 마음

이제는 제가 부모님의 무엇이든 대신할 수 있다는 는 첫 마음

우리가 그렇게 많이 잃어버렸던 소중한 것들은 아마 처음 가졌던 그 첫 마음을 잃어버린 것이 이유가 아닐까. 오십 무엇보다 지금 회복하고 찾아야 하는 건 첫 마음 그게 아닐까.

음식은 추억으로 먹을 수도 있지

내가 아주 어렸을 적 기억할 수 있는 음식을 하나 꼽으라면 코코
아 떡이라 할 수 있다. 지금이야 돌아가신 지 30년이 다 되었지
만, 외할머니는 내가 초등학교 다닐 때까지 생일만 되면 한 번도
빠지지 않으시고 꼭 코코아 떡을 케익 모양으로 해주셨던 기억이
있다. 양도, 크기도 어마어마, 할머니는 손이 크셨다.

초등학교 1, 2학년 정도였다. 아마 그때쯤 나이키, 아디다스, 프
로스펙스 같은 브랜드 있는 신발, 조다쉬, ㅋㅋㅋㅋㅋㅋ ... 뱅뱅
같은 브랜드가 있는 옷, 유명 브랜드 상품들이 처음 우리나라에
나오던 시절이었고 아마 이때쯤 롯데리아 같은 햄버거를 처음 접
할 수 있었다. 미군 부대나 가서 먹을 수 있는 걸 먹을 수 있다니.
이리 맛날 줄이야.

초등학교, 중학교를 졸업하거나 입학하면 꼭 먹었던 음식, 짜장
면, 그리고 말 안 해도 주문을 꼭 해주기를 바랐던 탕수육, 그리
고 대학 다니면서 먹었던 빨간 뚜껑 진로 25도 소주, 거기에 덜

취하고 오바이트 안 한다고 타서 먹던 초록의 맥소롱. ㅋㅋㅋㅋ
우리 위의 세대 시절의 정말 먹을 게 없어서 못 먹는 시절에 비할
수 없지만, 내 어린 시절 역시 먹고 싶은 것은 뭐든지 먹을 수 있
던 시절이 아닌 것은 맞는 것 같다.
지금은 먹고 싶은 거 어떻게 해서든 해먹을 수도, 사서 먹을 수도
있고 얼마든지 주문만 하면 집 앞에 딱, 먹을 수 있는 쉽고 편리
한 세상이지만 지금 그렇게 먹는 음식에는 추억이 들어있을까.

돌아가신 할머니의 코코아 떡에는 할머니의 끝없는 내리사랑이
들어가는 주원료임을 알게 되고, 아버지가 처음 사주시던 그 햄
버거는 아버지의 피와 땀과 맞바꾼 것임을 알게 된 지금의 오십.
졸업식 먹던 짜장면과 탕수육에는 새롭게 길을 내딛는 나를 위한
응원과 기대가 들어있고 빨간 뚜껑 소주에는 인생을 알아가는 씁
쓸함도 마시고 털고 가라는 법도 배우던 것임을 알게 된다.
음식을 맛으로 평가하기보다는 추억으로 먹는 법도 알게 된 지
금, 지금이 소중하지만, 추억도 맛있는 음식이라고 말할 수 있지
않을까!

마흔아홉까지 오십하나라파티

100원이 추억이 되어버렸네

내가 어렸을 적 아니 핸드폰이 나오기 전까지였나보다. 어딜 가든 공중전화 부스를 볼 수 있어 그 공중전화 부스에서 전화를 하던 일이 다반사였는데……

대학을 지방으로 다녔다. 그곳에서 절반은 자취를 하고, 남은 절반은 기숙사에서 지냈다. 밤이건 낮이건 항상 일정 시간만 되면 북새통이 되는 곳이 있었으니 바로 공중전화 그 앞이다. 아마 내 기억에 공중전화 요금이 몇십 원 했던 것 같고 한 번 통화는 3분 정도? 그래서 그런지 전화를 걸고자 하는 사람들의 손에는 동전이 부딪히는 소리가 절대로 끊이지 않았다.

왜들 그렇게 공중전화 앞을 서성거리고 순서가 올 때를 간절히 기다리고 그랬을까? 아마 지금 같으면 도저히 일어날 수 없는 일인데도 불구하고 말이다. 아마 그 당시에는 다른 통신 수단이 없어서 그랬을까? 맞는 말이기도 하다. 공중전화 이외에 마음을 표현하고 전하고 받아내는 연락을 이어 갈 수 있는 건 우체통에 적어 보내는 편지밖에 없었으니까.

그때는 그 공중전화 부스에 가면 웬지 모르는 가슴 뛰는 설레임이 함께 가고 있었다. 짧은 시간 부모님에게 전화기 너머 빨리 전해야 했던 마음속 진심의 그 말, 그리고 떨어져 있지만 보고 싶은 마음 어떡하든지 달래보려는 연인에 대한 그리움, 그리고 좋던 안 좋던 꼭 알아야 하고 전하고 들어야 할 소식들이 공중전화 그 부스의 전화기를 타고 전해졌다.

공중전화 부스의 전화기가 사람이 사람을 만나고, 함께 공감해야 할 모든 것들이 전달되는 도구였기에 그 시절 늘 공중전화 부스에는 왁자지껄, 사람이 살아가는 짙은 향기가 배어 있었다.

안 좋은 것도 있었다. 왜 그리 술 먹고 부스 유리는 왜 깨는지.

참 가끔 돈이 필요하면 전화기 동전 넣는 곳에 가느다란 철사를 넣어 동전 몇 개를 빼는 신기술을 발휘하는 사람들도 있었고 …

지금은 공중전화 부스도 보기가 흔치 않다. 전화기 부스를 보면 생각나는 그 시절 그 추억들.

오늘 공중전화 부스로 한 번 가서 전화기 특유의 신호 소리 너머

로 마주하는 예전의 그 목소리를 들어보는 건 어떨까? 참, 근데
전화 요금은 얼마려나.

그때는 그랬지.
기다리는 시간이 길다고 느꼈던 적이 별로 없었어,
두근거림, 설레임,
때론 미안함이 늘 공존하고 있던 시절이야

난 꿈이 몇 번이나 변했을까

사람은 꿈이 생기면, 꿈을 가지고, 꿈을 꾸면서 성장한다.

누구든지 어릴 적, 00가 될거야. 라는 꿈을 안 꾼 사람 없을 것이고 다들 막연히 될거라고 한다. 왜 그 꿈을 가지게 됐는지 설명할 길도 없으면서 ㅋㅋ

조금 더 성장하면 슬슬 꿈은 현실에 하나둘 부딪힌다. 꿈이 현실에 부딪히면서 느끼는 것 하나를 말하자면 아! 내 능력으로는 안되는 꿈을 꾸고 있구나. 포기하든지, 꿈의 크기를 조절하든지 타협하기 시작한다. 내가 할 수 있는 것을 하자. 그러는 사이 또 시간은 훌쩍 가고 꿈은 이제 정말 꾸는 것으로 만족하게 될지도 모른다. 이만큼 사는 것도 다행이야. 그래도 잘 살아왔고 살고 있잖아. 어휴 빚 안지고 이만큼 사는 게 어디야, 내 집 한 채 있는 게 어디야, 그나마 일하는 게 어디야. 어디야, 어디야, 결국 다행이야.

꿈의 크기는 나이를 먹을수록 작아지고 없어지지만 꾸었던 꿈은 그대로 아이들에게로 간다. 아빠와 엄마는 너희들이 행복하게 살기 원해, 더 잘 되기 원해. 하고 싶은 거 하면서 살아, 그래도 공부해야 해, 공부해, 공부해, 부담을 주지 않는 척하면서 내가 이루지 못해 아쉽던 꿈들을 은근슬쩍 자녀들에게 토스하기도 한다.

정확히는 모르겠다. 어릴 적 유전공학을 공부해서 신인류, 새로운 종족 뭐 이런 거 하는 박사가 되는 꿈이 첫 꿈이었다. 그리고 중고등학교에는 축구선수, 선생님 등등 대학에서는 공무원? 뭐 시절마다 시기마다 다 달라서 전부 기억도 안 나지만 10번 이상은 족히 꿈이 달라지지 않았을까!. 때마다 다르게 꿈꾸었나 보다. 지조가 없는건지, 아니면 현실과 잘 타협하며 살았는지.

난 지금도 꿈을 꾼다. 그러나 이젠 변하지 않는 꿈을 꾼다. 그래야 하기 때문이다. 꿈꾸기엔 이제 내가 너무 나이가 들었다는 것을 알고 있기 때문이다. 하지만 꿈보다 해야 할 일들이 그리고 하는 일이 이미 정해져 있기 때문이 아닐까. 그래도 다행인 건 계속 꿈꾸어왔기에 그 꿈이 수십 번 변하고 바뀌었기에 변하지 않는 꿈을 꿀 수가 있었던 건 아닐까!

꿈을 꿀 수 있어 좋았고 수많은 꿈을 꿀 수 있어 더 좋았다. 그래
서 변하지 않는 꿈을 찾을 수 있어 다행이었고 꿈으로 끝나지 않
은 그 무엇을 만들 수 있는 꿈이 있기에 지금의 내가 있다.

다행이야

꿈이 눈 앞에 펼쳐지기 시작했어.

인생은 스토리가 있다

인생에는 스토리가 있다. 이 말이 오십, 인생의 중간지점에 도착하니 폭풍 공감하는 말이 되어버렸다. 어떤 사람들은 결과로 승부하라 하고 또 다른 어떤 이들은 결과는 항상 성공이어야 한다고 한다. 이 역시 공감하며 고개를 끄덕이게 된다.

소싯적에 결과를 내기 위해 치열한 삶을 살지 않는 사람이 누가 있었을까. 저마다의 장밋빛 미래를 꿈꾸며 꿈을 이루기 위해 하루하루를 최선을 다해 살았을 것이다. 그래서 만족한 결과를 얻은 사람도 있을 것이고, 노력한 보람도 없이 아쉽게 허무한 결과를 받아 낙담한 사람도 있을 것이다.

나 역시 별반 다르지 않은 보통의 사람이다. 때론 성공(재미)을 잡기도 하지만, 참담한 성적표를 더 많이 받을 때가 많다.

그런데 오십, 생각해보니 변해가는 내 모습이 어떨때는 낯설기도, 어쩔때는 대견하다. 젊은 날은 열정이 전부라고 생각했던 그때와 다르게 모든 결과에는 과정이 있고 스토리가 있음을 알게 됐으니 말이다.

나는 이사를 5~6번 다녔다. 물론 결혼하고 나서 말이다. 예전에 부모님이 말씀하신 적이 있다. 집을 장만하기까지 9번의 이사를 다녔다고. 그것까지 합치면 15번 정도, 3~4년에 한 번은 이사한 셈이다. 그리고 이렇게 말씀하셨다. 이사를 그리 많이 하게 되니 내 집에 대한 간절함이 생기고, 이사하는 법도 알게 되고, 집을 늘려가는 법을 알게 된다고, 물론 그때와 지금은 세상이 다르니 비교하는 것 자체가 무리일 수 있겠다.

그러나 이사하는 것처럼 우리 삶도 위해 필요한 모든 것들에 익숙해지고, 넓히느냐, 좁히느냐에 따라 지켜야 할 것과 버려야 할 것의 무게가 달라지며, 기쁨과 아쉬움이 교차된다, 또 새롭게 사야 할 것에 대한 기쁨과 아쉽지만 버려야 할 것을 명확히 알게 된다. 근데 이 모든 게 일어나는 건 '왜 이사를 해야 하는데'여기서 시작되는 것 아닐까?

"왜"라는 이 한 단어에 스토리가 시작되는 건 아닐까. 우리 인생이 그렇듯 바로'왜" 라는 질문에 '어떻게'라는 답을 찾아가는 과정의 연속이 아닐까.

인생에는 스토리가 있다. 소싯적 결과만 보고 달려갔던 기울어진 관점에서 충분히 경험하고 찾아가는 길을 터득하면서 "왜" 라는 질문에 "어떻게" 라는 답을 찾아가는 법을 알게 되는 지금 오십, 인생에는 스토리가 있다.

인생은 스토리다, 그 말에 더 공감하게 된다.

오십은 스토리가 쌓여 이으며 엮기에 가장 알맞은 때!

그렇게 열매가 열리기 가장 좋은 시기

그때 ○○○을 했더라면...

인생을 살면서 누구든 후회 없이 살겠다고 하지만 사실 후회 없는 삶을 살아온 사람이 있기는 한 지 싶다. 사실 말하지 못할 만큼, 말할 수 없기에, 실은 뼈저리게 후회하는 삶을 살아왔다고 하는 것이 대부분 맞지 않을까. 그래도 큰 파고와 어려움을 겪지 않고 무난하고 평범하게 남들이 사는 만큼 그대로 살아오는 것도 잘 살아온 삶이라고 생각해 보게 된다.

'인생이 이만하면 됐어'라고 스스로 위로하고 타인들의 인정을 받아도 누구나 아쉬웠던 순간은 한두 번은 잊지 못하고 살아간다. 뼈저리게 후회하는 한두 가지는 말이다. 뼈저리게 후회하는 한두 가지, 이 말에는 지나온 그때의 삶에 대한 아쉬움이 최고로 쌓여있다.

'만약' 이라는 단어를 떠올려보자 '만약' 그때 ○○○을 했더라면 이 말에는 선택의 순간에 한 번 더 신중함을 기하지 못했던 스스로 부족한 판단에 대한 자괴감이 들어있으며, 혹시나 좋지 못한 결과에 대한 두려움이며. 더 잘 될 수 있었을텐데, 대한 아쉬움이다. 결국 그때의 삶이 남긴 최고의 아쉬움이다.

지금 생각해보면 별것이 아닐 수 있고 별 것 이상의 것일 수도 있다. 하지만 어쩌겠는가. 그때의 선택이 지금의 나를 만들었음을 부인할 수 없는 일이니..

우리가 분명히 알아야 할 것은 '그때 ○○○을 했더라면'은 지나간 과거에 대한 회상이 지금 나를 바꿔주지 못한다는 사실이다. 그리고 한 가지 더, '그때 ○○○을 했더라면'은 지금의 생각이며 아쉬움이지 그때의 생각과 아쉬움이 아니다. 분명한 건 그때의 선택이 잘못된 선택이 아니었다는 거, 그때의 그 선택은 그 순간 최고의 선택이었다는 사실일 것이다.

'그때 ○○○을 했더라면' 지금 생각해보는 더 잘될 수 있었을텐데의 아쉬움의 표현이지 잘못된 삶에 대한 표현이 아님을 알게 된다. 그러니 오십, 아쉬워하는 마음 접어두고 추억으로 소중히 간직하는 게 좋지 않을까. 그래도 조금은 과했거나. 부족할 수 있어도 삶이 잘못되지는 않았으니 말이다.

별 것 아닌게 대단한 거였어

사람은 언제나 특별한 순간을 꿈꾸며 기억한다.

대부분의 사람들이 살아가는 일상의 생활이 크게 다르지 않고 늘 틀에 짜인 패턴이기에 때론 쉽게 경험할 수 없는 순간들을 더 기대하고 꿈꾸며 살아간다.

아침이 오는 게 당연하고, 저녁에 잠을 자는 것도 당연하고, 아침과 저녁 사이. 그 사이에 내게 일어나는 모든 일이 당연하고 아무렇지 않게 지나가는 모습에 의미를 두지 않는 모습이 더 당연해서 우리 삶을 더 건조하고 무의미하게 만드는 것이 아닐까 하는 생각이 뇌리를 스치고 어디쯤 멈춰버렸다.

어렸을 땐 어리기 때문에, 이성보다 열정이 강하기 때문에 그랬을 수 있다고 하지만 지금의 나를 보니 그때의 열정은 간다는 말도 없이 사라지고 무의미한 의미를 찾고자 하는 지나친 건조함이 가득한 지금의 나를 볼 수 있다.

손쉬운 해결방법을 추구하며. 머리 아픈 거 싫어하고, 일상의 순간에 최선을 다하기보다 어떡하든 이 순간이 빨리 지나기를 원하는 나이 들고 소위 말하는 꼰대가 되는 것은 아닌지.....

쉬이 지치고, 신체의 최정점에서 내려와 노화가 시작되는 경험을 하게 되면 편안함에 쉽게 익숙해진다. 그리고 익숙한 그 순간이 계속되는 것이 평범해도 특별한 순간이라 여기며 계속 머물러 있기를 원한다. 하지만 그 순간들마저 무작정 그냥 얻어걸리지는 않는다는 것을 오십이 되면 잘 알게 된다. 그 순간을 얻기 위해서 얼마나 많이 머리를 썼는지 흰머리가 생기기 시작했으며 다시는 돌아가고 싶지 않은 시간을 투자했으며 또 수많은 시간을 인내하고 참고 기다려야 했음을 잘 알고 있지 않은가. 다 담을 수 없는 땀방울은 덤으로 말이다.
가만히 생각해 보면 그런 시간이 특별함을 만드는 특별한 것이 아니었음을 알게 된다, 매일 6시에 기상하는 거, 무언가를 배우려 다녔던 규칙적인 일상의 시간들, 잠시 커피 한잔 마실 수 있는 시간과 공간과 장소, 그 느끼지 못했던 아무렇지 않듯 당연한 듯 지나온 별 것 아닌 것 같은 순간들이 모여 특별함을 만드는 것이

라는 사실을 알게 되는 오십, 그렇게 세상의 이치에 맞게 나이 드
는 것이 대단한 일이었음을 깨닫게 되는 것 또한 특별한 일임을
알게 된다.

걷고,
　뛰고,
　　일하고,
　　　만나고,
그냥 일상이 전부 특별함을 알게 되는 때가
　　오십이 아닐까!

항상 무엇 하나는 준비되고 남아 있다

하늘이 무너져도 솟아날 구멍이 있다.

아무리 어렵고 어려운 상황에 있다고 해도 분명 해결할 수 길이 있다는 의미인데 하늘이 무너지는 것에 대한 충격이 너무 커서 그런지, 길을 찾으려는 노력을 하기도 전에 포기하는 모습을 종종 접할 수 있어서 안타까울 때도 있다.

아니면 길을 찾아봤자 그 길을 따라가기가 쉽지 않고 그 길이 어려운 길, 때론 오랜 시간 가야 할 엄두가 나지 않는 길이기에 지레 겁을 먹는 것일 수도 있을 것이다.

결혼하면서 부모님 집에서 신혼 생활을 시작했다. 이제 갓 대학을 졸업하고 직장을 다닌 지 1년밖에 안 된 놈이 결혼했으니 무슨 준비가 되어있겠는가! 그렇다고 넉넉한 집안도 아닌데 말이다. 그리고 3년 후 대출을 아주 그냥 넘치도록 받아서 방 2개, 화장실 하나 있는 전셋집을 겨우 구해서 살게 됐다. 다행히 전세 기간 2년 동안 나름 열심히 살았기에 그 많던 대출금의 절반은 갚을 수 있었다. 그리고 좀 더 넓은데로 이사할 줄 알았건만 별반 다르지 않는 다세대 주택 2층에서 전세로 또 삼 년을 살았다. 여기서 일이 터진다. 보증을 잘못 서서 얼마 안되는 돈 다 까먹고 반지하로 이사, 하지만 반지하 여기서도 주인이 집을 경매로 넘겨서 보증금도 못 받아 거리로 나오게 되어 이제 지하로 아예 가야 하나……

결국 이게 신의 한 수였을까? 신의 가호였을까? 바닥이 어딘지 모를 정도 내려가던 곳이 결국 다시 올라올 수 있었던 출발점이었던 것임을 그 시간이 오래 지나고 알게 됐다. 그렇게 남아 있던 300만 원이 지금의 조그만 집으로 남게 되었다. 지금 다시 생각하면 300만 원의 가치가 셀 수 없을 정도로 소중하지만, 그때에는 그걸 알 수 없었다. 오랜 시간이 흐른 후에야 알게 됐으니 말이다.

누구나 사람은 인생의 굴곡과 변곡점을 쉴새없이 마주한다, 어떤 삶은 변곡점을 무사히 별일 아닌 듯 넘어가지만, 다른 어떤 삶은 롤러코스터보다 심한 흔들림과 천국와 지옥을 경험한 후에야 자신 있어야 할 본연의 자리에 오게 된다.

근데 희한한 건 이럴 때 조금만 좌우를 살피면 분명 준비된 것은 있다는 것이다. 단지 스스로의 상황에 비관하여 내가 어떻게, 이런데서 어떻게, 이런 걸 어찌 내가, 하는 받아들이지 못하는 내 자존심만이 더 크게 존재할 뿐이다.

이제 얼마의 종잣돈이라도 생겼으니 더 좋은 곳으로 갈 줄 알았지만, 그보다 더 좋은데로 갈 수 없었던 아쉬움 옆에는 비슷한 곳이 존재하고 있었고 잘못된 오판으로 비슷한 곳마저 떠나 절망감에 허덕일 때 햇살마저 쉽게 들지 않던 곳이라도 남아 있었다.

그렇게 바닥을 모르고 내려가던 시절 끝에 다시 아담하지만, 햇살이 들고 빨래가 잘 마르는 곳이 준비되어 있었고. 더 중요한 건 혼자 겪어야 할 그 시절의 혼란과 어려움 가운데 누군가 꼭 같이 있었기에 함께 햇살을 맞을 수 있었다.

오십이 되어보니 하늘이 무너져도 솟아날 구멍은 있다. 라는 속담의 의미를 오십이 될 때까지 몸소 경험해왔음을 알게 된다. 다른 누군가에게 별 것 아닌 것 같아도 각자에게 주어진 경험은 더없이 소중하다.

그 사람은 몰라도 그 사람을 위해 누구는 열심히 응원하고 있으며 누구는 또 실질적인 도움을 주기 위해 백방으로 뛰어다니고, 또 다른 누구는 신에게 매일매일 기도하고 부탁하고 있을 것이다.

그것이 솟아날 구멍, 그 사이로 나를 위해, 너를 위해, 당신을 위해 지금 펼쳐지는 삶이다. 그래서 오십은 솟아 날 구멍을 닫기에는 더 힘들다, 무엇이든 하나는 준비되어 남아있다는 것을 알기 때문이다.

할 수 있는 건 줄어드는데 나는 더디 늙어

앞으로 얼마나 더 살아야 하는 날이 남아있을까. 몇 년 전 기대수명이 남자는 79세, 여자는 85세라는 기사를 본 적이 있다. 그 사이 기대수명은 조금 더 늘지 않았을까. 1970년대는 기대수명이 남자는 59세, 여자는 65~66세이니 근 20년 가까이 기대수명이 엄청나게 늘었다.

내가 어렸을 적, 중고등학교 시절, 그 기억에 남아 있는 당시의 50대 아저씨들을 떠올리면 젊다는 느낌이 없었다. 나도 저 나이가 되면 저렇게 되겠지. 당연히 나도 저 모습으로 변하겠지. 불과 30여 년 전 일이다.

세상이 변했다. 그렇게 똑같이 세월을 정통으로 맞을 줄 알았는데 지금은 아니다. 물론 개인마다 차이가 있는 건 어쩔 수 없지만, 기본적으로 스스로 관리만 잘하면 얼마든지 젊어 보이고 젊게 살 수 있다. 의학의 발달, 잘 먹어서, 돈 있고 관리 잘하면 이제는 건강하게, 젊음을 쉽사리 놓아주지 않아도 되는 시대가 아닌가.

하지만 젊고 건강하게 사는 것이 마냥 좋은 것이 아니라는 것을 알게 되는 시간은 그리 오래 걸리지 않는다. 직장이 첫 번째 이유다. 나보다 위 세대는 종신, 평생이라는 개념이 있었다. 큰 사고 없이 무난하게 직장생활을 한다면 정년이 어느 정도 보장되는 사회였다. 적어도 내가 직장생활을 처음 시작할 때만 해도 정년이 보장되는 회사가 꽤 많았다. 그러나 지금은 어떤가. 무한 경쟁 사회, 능력에 따라 직장생활이 보장되며. 아뿔싸. 경기까지 더 어려워지니 나이가 들면 들수록 눈치 봐야 하고, 압력 들어오고 휴, 갈수록 살아남는 게 첩첩산중, 힘들다.

두 번째는 자녀들의 독립 시기가 점점 더 늦춰지고 있다는 것이다. 90년대만 해도 대부분 대학 졸업하면 바로 직장생활을 시작할 수 있었고 그러다가 30초에는 결혼해서 가정을 꾸리는 것이 일반적이었지만 지금은 결혼을 왜 하냐고 되려 묻는다. 직장 구하기도 힘들어, 집 구하기도 어려워, 저축은 언강생심, 빚없이 하루하루 내 인생 나를 위해 살면 되지. 결혼은 무슨. 시대가 그런데 자식 탓을 어찌할까. 나도 일할 수 있을 때까지 일을 해야 나중에 자식에게 손 안 벌리지. 결혼이라도 하면 뭐라도 해줄 능력은 갖고 있어야지.

가끔 나도 빨리 늙고 싶은 생각이 드는데 왜 이리 더디 늙어가야 하는지, 아니 늙으면 안되는건지. 복인지, 복이 아닌지 가끔 혼란스럽기도 하다, 하지만 어떻게 그래도 뭐든 할 수 있을때까지 해야지. 그리고 살아야지 지금 나는 여기 어디쯤?

마흔아홉까지 오십하나부터

어른이 되었다고 느끼는 순간

가족이라는 울타리에서 벗어나 또다른 가족의 주체가 되어버린 지금, 나는 어느새 젊은이들 말하는 꼰대, 좋게 말하면 어른이 이미 되어버렸다. 아직도 세상의 파고에 크게 휘청이며 출렁거리고, 때론 어른이라는 굴레에 지나치지 않을 정도 자유를 누리면서도 절제를 요구받는 그런 어른이 됐다는 말이다.

어린애 티를 벗어난 지 엊그제 같은데 마음도 육체도 시간의 흐름에 순응하듯 시들어간다. 육체적, 정신적 스트레스와 피로로 인한 만성질환은 이미 오래고 각종 비타민 같은 영양제는 필수불가결한 옵션이 되어버렸다. 어릴 적에는 그렇게 빨리 어른이 되고 싶었는데 막상 어른이 되니 하고 싶은 것 다 한다는 것은 꿈같은 이야기, 할 수 있는 게 그리 많지 않고 제한적이다. 요새 아이들은 이런 걸 알까?

알고 있다면 굳이 어른이 일찍 되기를 원치 않을 것이다. 그리고 어른이 되지 않고 계속 사는 게 낫다고 생각할지 모르겠다. 사고 싶은 것, 하고 싶은 것, 다 해주니까.

일단 내가 어른이 됐다는 확실한 증거는 첫 번째는 키가 더 자라지 않는다. 아쉽게도 줄어들 일만 남았다. 키는 40초부터 10년 단위로 약 1.3cm 줄어든다고 한다. 이제 10년에 1.3cm 씩 줄어드는 것만 남았다. 쪼그라드는 것과 다름이 없다.
두 번째는 내 삶에 책임이라는 짐을 항상 지고 있다. 삶에 책임감을 갖는다는 것, 무엇을 하든 무슨 일을 하든 살아온 삶에 대한, 그리고 살아갈 삶에 대한 결과가 있다는 것 아니겠는가.
세 번째는 가족이 있다는 것이다.
이혼도 늘고 비혼도 늘지만, 결혼은 줄고 아이도 준다. 그래도 함께한 아내 덕에 우리 식구가 오순도순 살아간다. 이 또한 내가 어른임을 느끼는 순간이다.

누구나 어른이 되는 순간이 있다. 하지만 누구나 인정하는 어른이 된다는 건 쉽게 정의할 수도 공감할 수도 없는 일이다. 그러나 당신이 누구에게 존중받고 있다면, 아니 존중받지 못해도. 당신

의 주위에 사람들이 당신의 삶에 공감할 수 있다면, 그리고 당신
이 주위의 삶을 살펴보고 있다면 당신은 이제 키기 줄어드는 시
기이다. 어른이다.

편견을 갖지 않기.
어느 누구와도 잘 어울리기.
대화가 되는 사람이 되기.
커피 한 잔 대접할 줄 아는 사람 되기.
먼저 손 내미는 사람이 되기.
때론 아무 말 없이 옆에 앉아있는 사람이 되기.

다시 태어나도 그 사람과

외로움을 이길 수 없어 끝없이 사람을 만나고 사랑을 갈구하는 것이 사람이 아닐까. 사람은 끝없이 만나고 헤어지기를 반복한 다. 누군가에게 오랫동안 아니 평생을 친구가 되길 바라기도, 일 생의 반려자로 끝까지 함께 하기를 원하지만, 누구나 그렇게 다 이루어지는 것이 아니다.

내 나이 정도 되는 사람들이 중고등학교 친구들을 지속적으로 유 지하는 것을 심심치 않게 볼 수 있다. 나 역시 마찬가지이다. '○ ○꼴통'이라고 졸업한 지 30년이 넘었지만, 그럭저럭 우린 아직 도 잘 모이고 잘 챙기는 편이다. 근데 이게 세월이 갈수록 쉽지 않다. 이제 어느 정도 사회에서 역량이 되고 각자의 책임감과 인 생의 스펙트럼이 넓어지다 보니 시간을 내기도 어렵고 한 번에 모두 다 보기도 여간 어렵지 않다. 그래도 아직 다행인 건 놈들의 이해심이라 해야 하니. 배려라 해야 하나, 아님 무관심! 하여튼 그런 것들이 있어서 큰 문제 없이 잘들 지내고 있다.

또 하나는 나의 아내다. 20대 초반에 만나 연애 5년 결혼 내년이면 25년 총 30년이다. ㅋ 인생의 반 이상을 함께 했네. 고맙기도 하고 미안하기도 하다. 그리고 삶의 희노애락의 대부분을 함께 겪어왔고 버텨와 준 아내에게 감사한다.

'다시 태어나도 그 사람과' 누군가 나에게 이런 질문을 한다면 어떻게 대답할까?

예스일까 노일까 궁금하다. 사람의 답은 둘 중 하나, 당연하지, 아니면 침묵이겠지만 뭐든 이유가 있을 것이다. 아마 NO라고 대답하기 하기 힘든 상황에 질문 할 확률이 더 높다.

난 예스이다. 누군가가 '다시 태어나도 그 사람과'라는 질문을 한다면 질문한 누군가는 '그 사람' 나에게 소중한 사람인 걸 이미 알고 있는 사람이다. 그와 나에 대해 어느 정도 알고 있는 사람이다.

'다시 태어나도 그 사람과 친구 하겠습니까'라는 질문을 한다면 보통의 친구들은 아니라는 걸 알고 있을 것이며 무관심하던, 배려하던 내색하지 않아도 신의가 이미 바탕이 되어있음을 알게 될 것이다.

'다시 태어나도 그 사람과 살겠습니까'라는 질문을 한다면 이 역시 마찬가지 아닐까.

의외로 질문을 받는 사람들이 심각하게 생각하는 경우를 가끔 볼 수 있다. 그러나 심각하게 생각하지 않아도 된다. 답은 아주 간단하다.

'다시 태어나도 그 사람과'의 질문에 우리의 관점은 그 사람에게로 있으면 된다. 하지만 우리의 시선이 다시 태어나도에 있는 경우가 훨씬 더 많기에 우리는 고민한다. 고민하지 않아도 될 일을 가지고 말이다.

다시 태어나면 할 수 있는 일이지 지금은 할 수 없다는 뜻이다. 그러니 지금이다. 소중한 사람을 더 소중히 여기는 마음이 필요한 순간이 지금이기 때문이다.

LOVE

고맙다고
힘이 된다고
함께 하자고

지금 말해주기를
기다리는 사람은
항상 가까이 있어

모든 이가 다 좋게 여기는 일을 할 수 있도록

대전에서 대학 생활을 보냈다. 대학을 다니던 그땐 대전은 정말 작은 도시였고, 지하철도 없었다. 내가 기억하는 대전의 변화가 는 은행동 하나뿐이었고 지금처럼 전국적으로 유명하지는 않았 던 은행동에 있던 성심당, 그리고 그 앞에 개당 100원에 먹을 수 있었던 떡볶이 가게가 있던 기억이 있다. 지금은 워낙 핫플이고 성심당 빵은 전국구이니. 참 1989년 그 앞에 팔던 떡볶이 역시 잊을수가 없다. 100원 하나씩 5개만 먹으면 배부르기 까지 ....

나는 지금도 일 때문에 자주는 아니지만, 가끔 대전에 내려갈때 면 꼭 성심당에 들려서 빵을 사오곤 한다. 튀김 주먹밥, 부추빵. 스테이크빵, 튀김 소보로 등등......
벌써 30년이 지났지만, 내 눈에 낯익은 직원이 아직도 근무하고 있는 걸 종종 볼 수 있다. 아마 20~30년은 족히 되었으리라 짐작 을 하지만 그런 낯익은 분들을 몇몇 볼 수 있다.

어떻게 지금 같이 평생직장이란 개념이 사라진 시대에 긴긴 시간 동안 한곳에서 근무할 수 있을까. 그리고 거기서 근무하시는 분들을 보면 웬지 모르게 행복하게 보이는 것 같은 느낌이 드는 건 왜일까?

궁금해서 이곳저곳 자료를 좀 구하고 살펴보니 나름대로 답을 찾을 수 있었다.

모든 이가 다 좋게 여기는 일을 할 수 있도록 하십시오.

성심당의 사훈이다. 성심당 창업자는 이북에서 피난을 와 대전에서 미군에게 얻은 밀가루로 찐빵을 만들어 팔기 시작했다고 한다. 근데 함경도에서 남쪽으로 피난을 가야 하는데 피난선을 타기가 너무 어려워 (피난선을 타는 부두에 모래보다 사람이 더 많게 보일 정도라 함) 겨우겨우 탈 수 있었다고 한다. 그 배를 타고 성심당 창업주는 이렇게 기도했다고 한다

이 전쟁에서 살아나 목숨을 이어가게 된다면 평생 어려운 이웃을 위해 봉사하며 살아가겠습니다.

성심당은 창업주의 말을 여전히 실천하고 있다. 매년 정직하게 세금을 내며, 한 해의 수익의 15%는 반드시 직원에게 나눠주며 그리고 여전히 매년 장학금을 기부하며 모든 이가 다 좋게 여기는 일을 할 수 있도록 하십시오. 라는 사훈을 수백억이 넘는 기업이 된 지금도 실천하고 있다.

아마 성심당은 지금 60년은 훨씬 지났을 것이다. 사람으로 말하자면 환갑이 훨씬 지난 정도가 아닐까! 만약 사람이 이렇게 살았다면 정말 잘 살아온 인생, 황금빛 인생이 아닐까 싶다.

오십, 인생의 절반이 지난 지금, 남은 절반을 살아가야 할 의미를 조금 더 넓혔으면 한다. 모든 이가 좋게 여기는 일을 할 수 있게. 그리고 이것이 행복을 나누고 커지는 일임을 알도록 말이다.

함께 하는 사람들이 행복하다는 소식을
매일 듣는다는 것!

오십부터는 매일 들었으면 좋은 말!

욕심이 능력보다 앞서지 않기로 했다

무엇을 하든 뜻대로 될 줄 알았던 시기를 지나왔다. 잠시 그 시절을 돌이켜보니 어린아이가 무언가 필요하다며 때 쓰며 우는 소리와 별반 다르지 않았다는 것을 오랜 시간이 흐른 후에야 알게 됐다.

큰 사람이 되어야지, 꼭 무엇하나 부족하지 않게 살아갈거야, 라는 다짐과 반복되는 자기 최면으로 진작부터 현실은 헉헉거리며 살고 있다는 사실을 인정하려 하지 않았다.

적어도 40이 넘어가면 최소 수도권 국평 이상의 아파트에 떵떵거리며 살지 못해도 필요한 건 다 갖추고 원하는 건 거의 다 할 수 있고 때에 따라 내 삶을 만끽하며 최소의 여유라도 잃지 않고 살아갈 줄 알았다.

그때를 지나니 할 줄 아는 것보다 할 줄 모르는 것이 더 많다는 것을 알게 됐다. 내 능력이 그리 뛰어나지 않았음도 깨닫게 됐다.

객기와 용기를 구분하지 못하고 객기로 살아온 삶의 흔적들이 여기저기 상처로 남아 아직도 치유가 필요함을 알게 된 오십은 주변 언저리에 과하지 않고 주어진 능력대로 최선을 다해 살아가는 삶이 필요한 때라 여기고 능력을 벗어난 삶을 욕심이라 여기며 욕심을 버리기로 했다.

오십을 마주하게 되면 지혜로워질 줄 알았다

사십을 지나 사십의 끝에 다다르더라도 오십을 이리 쉽게 마주하게 될 줄은 미처 생각하지 못했다. 이렇게 무탈하다면 무탈하게, 소탈하다면 소탈하게, 내세울 게 쉽사리 있지 않지만 변변치 못한 삶을 살아오지 않았다는 위로가 나름 꽤 괜찮은 삶을 살았다고 할 수 있어 지나온 모든 순간이 고맙고 감사하다.

오십이 다가오면 성인군자는 아니더라도 어디서 있든, 무엇을 하든 살아온 날들에 대한 보상으로 얻게 된 깨달음이 한 근 지혜로는 남겨져 삶이 바보 같지 않을 줄 알았다. 하지만 이렇게 마주하고 되고 보니 여전히 해야 할 일들, 해결해야 할 일들이 줄지 않고 있음을 매일 확인하며, 어깨에 겹겹이 쌓이는 예상치 못한 책임들로 발걸음조차 옮기기도 힘들 때가 있어 모자란 지혜로 여전히 지금도 현실은 애잔하고 바보 같고 부족함을 말로 다 표현할 수 없을 때도 있다.

모든 일에는 순서가 있듯이 순서를 풀기에는 지혜가 꼭 필요하다, 지혜가 행동을 만들고 행동으로 답을 얻게 되고 결과를 얻게 되기 때문이다.

그래도 중요한 건 그리고 다행인 건, 성인처럼 지혜롭진 않아도. 지혜를 찾는 방법을 알게 된 것이다. 이것이 나름의 지혜를 찾은 것이 아닐까! 삶아온 날들이 살포시 얹혀주는, 지금부터 살아갈 오십을 위한 삶의 선물이 아닐까.

한계도 오지만 감사는 더하더라

코로나가 우리 생활에 들어온 지 3년, 처음엔 도대체 무슨 전염병이지 하고 뭔데 이리 난리지 하며 좀 있으면 금방 지나가겠지, 길어야 몇 달 후면 일상으로 돌아갈 수 있을거라고 대수롭지 않게 여겼지만 결국 코로나로 인해 이전의 일상으로 다시 돌아갈 수 있을까? 는 막연한 희망이 되어버렸다.

세상이 완전히 변했다. 아마 모든 게 일상으로 돌아와도 코로나 이전으로는 다시 돌아갈 수는 없을 것 같다. 세상도, 사회도. 사람도. 그리고 마음도 그렇다.

코로나로 인해 얻은 사람보다 것을 잃은 사람이 더 많다. 지금 호황이라고 돈을 벌고 부를 축적하는 회사와 사람이 얼마나 많이 있을까를 생각하다 아니 이보다 당장 내일을, 내일보다 오늘 하루가 급한 사람이 훨씬 더 많을 것이라는 생각을 가지게 된다. 일일이 다 말할 수 없을 만큼 고통과 어려움에 하루하루 버티고 살아내는 사람들이 훨씬 더 많기에 나도 그 범주에 들어가는 사람이라 버틸 수 있을 때까지 버텨야 한다고 다짐 또 다짐을 해본다.

하지만 이렇게 어렵고 힘든 세상에 감사라는 단어가 떠오르는 것은 무슨 이유일까?

내가 지금과 같은 상황이라면 오히려 감사할 것들보다 잃어가고 바닥으로 추락하는 삶에 대한 원망과 아쉬움이 더 클 것이다. 하지만 오십, 이때 왜 감사란 단어가 마음에서 떠나지 않을까.

나 역시 일상의 제약과 곤란하고 어려운 상황을 마주할 때마다 한계를 느끼고 있다. 이번 달은 이거 밖에 안되네, 이제 어떡하지. 시간은 왜 이리 빠른지 벌써 또 한 달, 각종 공과금과 카드값, 거래처 대금 등, 매번 내야 할 시간이 더 빨리 다가오고 있음을 실감한다. 보다 격하게 체험 중이다.

그래도 감사한 건 다른 게 아니다. 이토록 어려운 시절을 지나기 위해 견디고 희생하고 있는 사람이 더 많다는 거, 그게 평범한 우리라는 사실 역시 격하게 체험하고 있기 때문이 아닐까. 평범한 사람들의 일상을 지키기 위해 묵묵히 책임을 감당하는 의료진이

Remember 01 기억이 많다는 것, 참 괜찮은 삶이라는 말

있다는 거. 필요한 물품을 소리 없이 필요한 것을 배달해주는 택
배 기사님이 있다는 거. 그리고 마음이 얼어가는 이 시기에 심심
치 않게 들려오는 따뜻한 말 한마디의 주인공들. 한 문장의 글로
용기를 전해주는 사람들. 그리고 오늘의 두려움을 무릅쓰고 각자
의 삶의 터전에서 자신과 주변을 지켜가는 평범한 사람들이 아직
도 많은 것을 볼 수 있어 감사하다. 그들에게 사는 법을 배울 수
있어 감사하다. 그리고 살아갈 용기를 얻을 수 있어 감사하다.

오십은 아직도 배울 게 많은
나이 그게 더 감사하다

견뎌야 할 순간과 넘어야 할 산은 있다

오십이 되니 주위에 좋은 일도 많이 생겨 웃을 일도 많아지지만 좋지 못한 일도 많이 생겨 가슴 아픈 일도 있어 슬픔을 조금이라도 나누고자 하는 용기가 새삼 더 필요할 때가 많아졌다.

미디어를 접하다 보면 많은 사람의 성공 스토리를 만나게 된다. 대부분의 이에게 공통점이 있는데 모두 처음부터 잘 된 것은 아니라는 사실이다. 행여 처음에 잘되었다 하더라도 눈물 젖은 빵을 먹으며 힘든 시간을 삼키며 그 어렵던 시간을 견뎌왔다는 것이다. 그 시간을 지나고 나서야 비로소 손에 쥘 수 있는 것이 성공이라는 것이다.

성공이라는 단어를 꼭 크게 생각하지 않아도 성공이라는 단어가 주는 크기보다는 가치가 더 소중할 때가 있다. 20대 후반에 결혼하여 열심히 살기는 했으나 무언가 인생에 결실을 맺기에 부족했던 그 시절. 너무 젊어서 혈기만 넘쳤던 그 시절.

결혼해서 10년 동안 총 다섯 번의 이사를 했다. 근데 슬픈 건 남들은 이사할 때마다 조금씩 넓혀서 이사하는데 난 왜 그런지 조금씩 줄여서 이사하는 게 아닌가. 결국 반지하 월세로 1년을 살다가 15년을 살게 되는 지금 이 집으로 이사 오게 된다. 비록 작은 집이지만 내 집, 우리 가족의 집이었기에 더없이 소중했고 감사했고 10년을 기다려준 가족에게 고마웠다. 그렇게 이 집이 마중물이 되었다.

또 누군가 아프단다. 그렇게 건강하고 열심히 살던 누가 아프단다. 암이란다. 하늘이 무너지는 청천벽력 같은 소리 '00암 입니다.' 다행히 치료할 수 있어 완치할 수 있는 기회를 얻게 됐지만 길고 긴 항암의 시간과 치료의 시간을 거쳐야 한다.

내 인생이 남들이 보기에 성공이 아니라 생각할 수 있지만 내겐 더 없이 가치 있는 성공이다. 그리고 또 병마를 이겨 낼 누구는 다시 희망을 잡을 수 있게 될 것이다, 다행히 포기하지 않고 견뎌냈기에 지금의 나라도 있을 수 있는 것이다. 또 길고 긴 치료의 시간과 수술이 끝나야 비로소 정상으로 돌아올 수 있는 그 사람처럼 견뎌야 할 순간은 반드시 찾아온다. 그리고 힘들더라도 넘어야 할 산을 반드시 넘어야 비로소 삶이 제자리를 찾아가며 열매를 딸 수 있다.

Now 02

나답게 사는
지금이 좋다

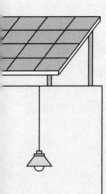

PLASTIC

안녕, 오십
·····································
안녕 Hi
·····································

안녕에서 멀어지고

안녕으로 다가가는

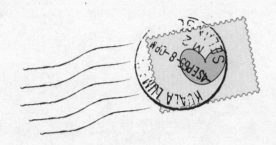

삶의 간격이

먼 곳으로 좁혀지는 나이

하늘, 바람, 구름, 도시
그리고 사람들,

모든 걸 볼 수 있고
느낄 수 있는
비할 바 없는 지금이 참 좋다.

난 젊은걸까 늙은걸까

40대는 불혹, 50대는 지천명, 공자의 논어에서 나오는 단어가 이 토록 가슴에 꽂히게 될 줄이야. 40대에는 의심이 없어야 되고 50 대에는 하늘의 뜻을 알아야 한다는 공자의 말에 동의하면서 다른 한편으로는 도저히 이해가 갈 수 없는 말이 아닌지 생각해보게 된다.

만약 공자가 지금 시대를 살고 있더라도 이런 말을 하셨을까! 10년이면 강산도 변한다던데 아마 내가 살아온 시대는 10년에 강산은 최소 2번은 변한 것 같다. 좋게 말하면 너무 빨리 발전했 고, 나쁘게 말하면 정신 차리고 살기 힘든 시기라 할 수 있지 않 을까. 하여튼 이런 시대를 온몸으로 맞아 견디고 버티고 정신줄 놓지 않고 살아온 게 어쩌면 다행일 따름이다.

그래도 이렇게 나름대로 견디고 버텼는데 제대로 이뤄놓은 것 하나라도 찾기 쉽지 않다. 근데 아직도 버티고 견뎌야 할 일들이 더 많이 남아있네. 그래도 감사한 건 버티고 견딜 힘이 아직도 있다는 것이다.

100세 인생을 준비한다고들 하는 데 난 얼마나 더 버티고 견딜 수 있는지 젊은거야, 늙은거야.

부러운게 지는 걸까?

우리 나이쯤 되면 나름 성공한 사람은 꽤 많이 있다. 부모의 덕을 많이 본 사람, 일명 금수저, 죽어라고 노력해서 큰 성공을 거둔 사람도 있을 것이고. 투자를 잘해서 큰 돈을 번 사람도 있을 것이다.

아마 다양한 곳에서 각자만의 방식으로 노력하고, 운도 따라줘서 대성공이 아닐지라도 소소하게라도 성공했다고 자부하는 사람들은 더 많지 않을까!

친구들 모임에 가끔 나가보면 비슷한 환경과 수준의 사람이 더 많을 때 모임이 더 오래가는 것을 느끼게 된다. (이건 나만의 생각일 수 있음)

크게 모자라지 않고. 크게 차이가 나지 않고, 그럭저럭 중산층? 아니면 살만한 서민층? 친구들이 이 분류에 대부분 속할 때 말도 잘 통하고 오래가고 그래도 자주 보고.

근데 다들 친구들 중에 좋은 환경에서 큰 걱정 없이 살아온 녀석 한두 명은 있지 않을까?. 아마 어렸을 때 부럽다는 생각을 안 해 본 녀석들은 한 놈도 없었겠지.

그러나 지금도 부러울까. 아니면 안부러울까?

부러우면 지는 거야?. 그다음은? 부러우면 어쩔건데?

그래 오십에 부러우면 어찌해야 할까.

마흔아홉까지 어심하나부터

그토록 찾아헤매는 여유는 어디에 있을까

워라벨, 소확행, 저녁이 있는 삶, 내가 인생의 주체, 나를 위한 삶이 대세이다.

코로나 땜시인지 몰라도 어디서 모임을 하는 것도. 여행을 가기도. 함께 그 무엇을 하기도 쉽지 않다. 이젠 좀 나아지겠지.

비대면이 메인이 되버린 시대, 꼭 봐야 할 일이 아니면 굳이 봐야 할까를 생각하는 시대, 이 속에 우리가 잃어버린 단어가 있다면 함께. 모두,라는 단어가 아닐까. 적어도 내가 젊었을 때, 이 말들을 아니 불과 얼마 전까지 해도 타의적으로 잊고 살 줄을 몰랐는데….

우리가 여유를 가진다는 것은 같은 시간에 각자의 삶을 나눌 수 있는 시간이 커지는 것이 아닐까. 그렇게 공감하며 사는 것이 여유 아닐까. 동료와 따뜻한 밥 한 끼. 친구와 부담 없는 소주 한 잔. 소중하고 사랑하는 사람과의 가까운 곳이라도 제약 없는 여행 등등 함께 할 순간이 멈추지 않을 때 우리가 찾는 여유는 더 커지고 찐 행복으로 돌아올 것이다.

혼자만의 시간이 많아지고 오히려 더 여유로울 수 있는 지금, 오히려 더 여유롭지 않다면 도대체 그 많던 여유는 어디로 숨어버렸을까!

인생도 대추 한 알 처럼

좋아하는 시 중에 장석주의 〈대추 한 알〉이라는 시가 있다.

저게 저절로 붉어질 리 없다.
저 안에 태풍 몇 개
저 안에 천둥 몇 개
저 안에 벼락 몇 개
저 안에 번개 몇 개가 들어서서
붉게 익히는 것일 게다

저게 저 혼자서 둥글어질 리는 없다
저 안에 무서리 내리는 몇 밤
저 안에 땡볕 두어 달
저 안에 초승달 몇 달이 들어서서
둥글게 만드는 것일 게다

대추야

너는 세상과 통하였구나

오십이 될 때까지 인생을 대추 한 알 만큼이라도 알차게 담아 왔
나?
쓸데없이 질문 한 번, 던져 본다.

배는 따뜻하지만 등은 시릴 거야

어렸을 적에는 개천에서 용난다는 속담이 어느 정도 맞는 말이었는데 지금은 용은 개뿔, 짝퉁 이무기도 나오기 어려운 세상이 되어 버려서 씁쓸하기도 하다. 사람은 누구나 평등하다는 말, 누구나 교육받을 권리가 있다는 그 말은 틀린 말은 아니나 교육받을 그 권리가 절대로 삶의 질을 원하는 대로 높여주지 않는다는 말이 이제 답이라 말할 수 있다.

예전 〈자이언트〉라는 드라마를 본 적이 있는 사람은 분명 있을 것이다. 1960년대~ 80년대, 한창 우리나라 개발기에 가난하고 배우지 못했지만, 정의와 바른 신념으로 권력에 줄 대지 않고, 타락한 실세의 유혹과 시기에 굴하지 않고 온갖 고난을 버텨내며 성공의 정점에 오르는 드라마다. 주인공의 무기는 다른 게 아니었다. 정의롭게 그리고 정직하게 벌어서 성공하겠다는 신념. 불의에는 절대로 함께 하지 않겠다는 신념, 그 신념으로 평생을 버

티고 일궈내서 결국 흔들리지 않고 무너지지 않아 큰 성공을 거
둔다.

오늘날은 어떠한지. 참으로 성공하기에 수단과 방법이 많은 세상
이다. 아니 좀 쉽다고 할 수 있을까! 기막힌 콘텐츠와 유투브로.
날카로운 분석과 베짱이 필요한 주식으로 큰돈 만지기도 쉽다.
땅 잘 사둬도 그렇고. 똑똑한 집 한 채가 큰돈이 되는 시대이다.
아쉽지만 어쩌면 이익을 위한 목적만 분명해서 가치 있는 돈을
벌기도, 의미 있게 돈을 쓰기도 어려운 세상이 되버렸다. 무엇이
든 가치가 있어야 하고 감정이 녹아 있어야 소중한 법인데, 너무
이익과 목적만 존재하는 가벼운 세상을 살아가고 있는 건 아닌
지. 그래서 배는 따뜻하지만, 등은 시리도록 차가운 사람이 많은
것이 아닐까.

어쩌다보니 가슴도 아프더라

하루하루가 쌓여 한 달, 두 달이 되고, 일 년 이 년이 쌓여 오십 년, 지금의 내가 있는 것 아닐까. 그 철없던 시절에 시작한 사회 생활이 쌓여 경력이란 이름으로 남게 되고 이제 오십이 되다 보니 세월만큼의 무게는 아니지만, 가벼운 어린아이만큼의 무게감 은 가질 수 있겠다는 생각도 쌓이니 이런 생각도 하게 된다

사람들이 가지고 태어나는 천성이나 본성은 거의 비슷하다고 봐 야 하나, 무엇을 반복하고 무엇을 꾸준하게 했는가에 대한 후천 적 노력에 따라 인생의 승패가 갈린다고 봐야하나. 중학생이 되 면 초등학교 때 좀 더 좋은 습관을 만들지 못했음을 후회하게 되 고 대학생이 되면 좀 더 좋은 대학을 갈 걸, 고등학교 때 좀 더 열 심히 노력하지 못했음을 되돌아보게 된다.

서른이 넘어가면 20대의 무모한 열정이 아쉽게 느껴지고 마흔이 되면 거침없이 도전하던 서른을 되돌아보게 되고, 오십이 되니

나를 위한 생각조차 할 수 없이 살아온 40대를 보낸 스스로에 대한 무례함이 가슴에 아프게 남게 된다. 그리고 육십, 칠십이 되면 그렇게 그냥 그렇게 알면서도 무심히 지나온 50대를 가슴 아프다 못해 저리지는 아닐까, 생각해본다.

사말오초, 시간을 역으로 되돌리면서 곰곰이 생각해보면 그 시작은 아주 사소한 습관에 있다는 것을 알 수 있다. 별것 아니라고 여기고 대수롭지 않게 넘어가던 그때의 사소한 습관은 당시는 사소한 차이였는지 몰라도 긴 시간이 흐른 후 사소한 차이는 메우기 어려운 간극이 되었음을 알게 된 지금, 다시 시간을 돌릴 수 없음에 마음이 아프고, 혹여 돌아간다 하더라도 기회는 있으나 또다시 준비되어 있지 않는 나를 보며 실망하게 되지는 않을까. 살짝 두렵기도 하다

돌이켜보면 이 또한 이제야 알 수 있는 것일 뿐, 가슴은 늘 저쪽 한켠 모퉁이는 언제나 아파 있었던 것 같다. 단지 이제야 아프다는 것을 느끼는 것뿐. 숨 쉬는 것, 움직이는 것. 잘 먹는 것. 잘 자

는 것, 좋은 것만 살아있음을 느끼는 게 아님을 알게 되고 가슴이
아픈 것도 내가 살아있음을 알게 해주는 이 또한 오십, 살아가고
있음을 알게 해주는 건강한 아픔이라 스스로 위로한다.

건강한 아픔을 겪는다는 것!
이 또한 오십에 얻는 메리트 아닐까.
건강한 아픔은 더 건강하게 나를 이끈다

무엇이든 배워야 살아남는다?

논어는 처음 이런 말로 시작한다.

학이시습지 불역열호(學而時習之 不亦說乎), 배우고 때때로 익히면 기쁘지 아니한가.

배움에는 한계도 없고 나이도 불문이라 무엇이든 배울 수 있다면 인생에 기쁨이 된다는 이 말에 전적으로 동감한다. 그리고 이왕이면 젊은 날에 배울 수 있을 만큼 부지런히, 더 많이 배울 수 있기를 젊은이들에게 강추하고 싶다.

오십, 무엇을 배우기 위한 마음은 굴뚝 같으나 머리와 몸이 마음만큼 따라주지 않아 힘든 경우가 수시로 일어나 배우는 것도 보통 일이 아니다. 직장을 다녀서 고정적인 월급이라도 받아야 가정을 유지하고 아이들을 교육하며, 연로하신 부모님 챙겨야 하고, 회사에서 어떠하든 버티고자 상사의 비위를 맞추고 팀원을 잘 이끌어야 하는 책임감이란 중압감으로 하루, 1달을 간신히 버티고 살아가는 시대의 중년들에게 배움이란 얼핏 언강생심, 그림의 떡 일지도 모른다.

그래도 우리는 배우지 않고는 살아갈 수 없는 현실을 잘 알고 있다. 그리고 눈에 보이지는 않아도 자기도 모르게 늘 배우고 살아가고 있음를 알게 된다.

직장인들에게는 살아남기 위해서, 높은 곳으로 한 계단 올라가기 위해 필요한 교육과 시험을 통과해야 한다. 그리고 인간관계 역시 경험하며 배운다. 이렇게 살기 위해 필요한 것이 바로 학습, 배움이다.

창업을 준비하는 예비 사장님은 배워야 하는 게 없을까. 아마 더 많지 않을까. 유통을 알아야 하고 시스템을 배워야 하고 세무신고까지 할 줄 알아야 한다. 공인중개사를 하려는 사람도 공인중개사 자격증이 제일 먼저 필요하니 자격증을 따기 위해 공인중개사 합격을 위해 관련 과목을 모조리 공부해야 한다.

이렇듯 직장인이듯, 자영업자이던, 젊든, 나이가 있든 무엇을 하고자 한다면 배움은 필수이다. 무엇이든 하면서 경험하고 부딪히면서 배워가는 것도 있지만 이제는 먼저 배우고 익혀서 무엇이든 하는 게 인생을 좀 더 알차고 활력있게 만드는 길이다. 고로 무엇이든 배워야 한다는 것은 물음표가 아니라 느낌표이며 결국 마지막이라도 끝까지 해야 하는 마침표이다.

배움은 끝까지 해봐야
마침표를 찍을 수 있는 일

따뜻하게 하나도 빈틈없게

기쁨, 슬픔, 외로움, 행복함, 두려움. 싫어함, 삐짐, 그리고 뿌듯함, 사람에게는 감정이 있지 않나. 이렇듯 감정을 표현하는 말은 너무도 많다. 그러나 이젠 이 많고 복잡한 감정을 표현하고 나타내는데 예전과는 다르다는 걸 느낀다. 뭐라고 해야 하나. '욱' 한다고 해야 할까. 직선적이다고 해야 할까. 이렇듯 바로 상대방에게 여과 없이 나타내는 감정의 표현들이 이젠 줄었다고 해야 하는 게 맞을 듯하다.

오십 이 정도 나이가 되면 사람들에게 많이 듣는 말이 있다. '너 갱년기 온 거 아니냐?' 맞다. 그럴 수 있다. 감정에 기복이 심하고, 눈물이 많아지며, 뭐라고 표현하기 어려운 먹먹함이 때론 나를 휘감고 몰아칠 때가 있다. 이럴 땐 분명 갱년기 맞을 것이다. 그러나 갱년기에 느끼는 감정이 우리가 알 수 있는 감정의 100%라면 너무 아쉬울 것 같다. 나이가 든다는 것은 어느 노랫말의 가

사처럼 삶이 익어간다는 것인데 그렇게 감정에만 휘둘리기에 너무 아쉽지 않을까. 더 곰곰이 생각할 수 있으며. 나를 더 자세히 들여다볼 수 있으며 감정을 조절할 수 있는 충분한 능력을 가졌음에도 불구하고 말이다.

우리가 나이를 먹는다는 건 서글픈 일은 아니다. 내 감정을 스스로 조절할 수 있으며 틈이 생기고 금이 간다면 빈틈없이 하나씩 하나씩 천천히 채우고 메꿀 수 있다. 어디 이것뿐이랴. 내 주위를 둘러보는 것으로 그치지 않고 필요한 곳곳에 온기로 따뜻함을 조금이라도 채워줄 수 감정의 소유자가 될 수 있다. 그래서 오십 지금의 내가 작더라도 소중하다.

존중(esteem)을 생각하다

얼마 전 방송에서 코이의 법칙에 대해 설명한 것을 들은 적이 있다.

비단잉어 가운데 하나인 코이가 환경에 따라 성장하는 크기가 달라지듯이 사람도 환경에 비례해 능력이 달라진다는 법칙이다. 어항에 가둬서 키우면 어항의 크기에 따라 성장하고, 넓은 곳에서키우면 또 그곳에 맞게 성장하는 물고기, 코이........

내가 성장하고 성공하면 우리 사회에서는 필연적으로 누군가는움츠려들고 약해진다. 의도적으로 그랬든 자기도 모르는 사이 그랬든, 나는 누군가에게는 긍정적 영향이, 다른 누군가에게는 부정적 영향이 되어 살아간다. 그런 걸 알면서도 누구를 먼저 배려하기보다는 나부터 배려하며 나의 손익을 먼저 손가락으로 힘차게 두드리며 살고 있다.

손익을 따져보고 손해를 볼 것 같으면 다시 계산하고, 다시 조율

하며. 자신에게 유리한 상황을 만들고자 애쓰는 현실. 이 현실이 꼭 누구의 잘못이라고 말할 수 없을 만큼 당연한 것이 되어버린 지금, 우리는 겉으로는 손해를 보지 않은 것에 웃고 있지만 속으로 그 누구든 미안한 눈물 한두 방울 흘리는 것이 예의가 아닐까. 존중과 배려보다는 손익의 계산이 더 빠른 현실에 살고 있으니 같이 가던 그 누구는 안타깝지만, 또 그리 안타까운 것이 아니라고 위안도 하며 그렇게 살아가고 있지 않을까!

존중한다는 것, 다름과 차이를 인정하는 것에서 시작되지 않을까!
같은 생각, 같은 꿈을 꾸지 않는다고 서로를 멀리하며 삶을 산다면 또 그것만큼 서로를 외롭게 하는 삶이 어디 있을까! 존중한다는 것은 인정한다는 것이며 인정한다는 것은 당신을 그리고 너와의 관계를 계속 이어가겠다는 것이다. 우리 서로 외롭지 않으려는 최소한의 외침이며 토닥이면서, 보듬으면서 그렇게 같이 간다는 것이라고 확신한다,
드라마 김사부, 나왔던 동요, 모두다 꽃이야. 노랫말이 생각난다.

산에 피어도 꽃이고 들에 피어도 꽃이고 길가에 피어도 꽃이고 모두
다 꽃이야
아무데나 피어도 생긴대로 피어도 이름없이 피어도 모두 다 꽃이야
봄에 피어도 꽃이고 여름에 피어도 꽃이고 몰래 피어도 꽃이고 모두
다 꽃이야
아무데나 피어도 생긴대로 피어도 이름없이 피어도 모두 다 꽃이야

어디 있든 무엇을 하든 어떤 모습을 하고 있던 모두는 먼저 존중
받고 배려받을 자격이 있는 꽃이다.

다른 사람을 인정한다는 것은 어려운 일이다.
내가 앞서면 안되기에 정말 어려운 일인 것이다.
이런 꿈 같은 일이 일어나는 말도 안되는 시기,
오십이다

가난하다?

가난하다. 사람들은 이 말을 어떻게 받아들이고 있을까.

풍족하다의 반대, 이생망의 줄임말. 용기가 없어진 삶. 희망이 갈수록 작아지는 인생.

가난하다. 이 말이 지니는 의미 대부분은 우리의 삶에 너무도 부족한 현실을 도저히 채울 수 없음을 실감할 때 느끼는 것이 아닐까.

사전에서는 이렇게 말한다. 넉넉치 못하고 어렵다. 우린 과연 무엇이 그리 넉넉치 못할까?. 반대로 그럼 넉넉한 것은 무엇이 있을까?

며칠 전 거래처 담당자와 미팅을 한 적이 있다. 여러 가지 질문과 협의 그에 대한 답이 오가던 중 좋지 못한 소리를 들었다. 어떻게 생각해보면 그 사람 입장에서는 당연한 소리였는지 몰라도 듣고 답해야 하는 내 입장에서는 전혀 당연하지 않은 소리였다. 잠시 진정의 시간이 흐르고. 그렇게 인연은 짧게 그것으로 끝맺음 해버렸다.

우리가 사업을 준비하는 것. 더 나은 직장생활을 설계하는 것, 결국 무엇을 준비한다는 것은 무엇이든 하고자 애쓰는 수많은 사람들이 모두가 가난해서 그런 것일까? 지금 하지 않으면 지금 일하지 않으면 하루라도 제대로 살 수 없을까 봐, 무엇이라도 하고자 한다는 것은 지금 무언가를 꼭 채우려고 발버둥 치는 것이 아닐까.

오십은 가난으로부터 멀리 달아나기 위해서가 아니라 부족한 무엇을 넉넉하게 채우기 위해서 끈임없이 최선을 다하려고 하는 것이 맞다. 넉넉하게 채워가는 그 무엇이 삶에 오십의 희망이 되는 것일 수 있기 때문이다.

가난하지만 부자인 사람도 많다. 부자인데 가난한 사람은 더 많다. 이왕이면 가난한 부자보다는 넉넉한 부자로 사는 것은 어떨까!

행복은 어디서 오는 걸까?

사람이 세상을 살면서 갈구하는 게 있다면 아마 크게 3가지로 말할 수 있을 것이다.

첫째는 죽을 때까지 아프지 않을 것. 두 번째는 경제적 빈곤하지 않기. 그리고 마지막 세 번째는 권력이 아닐까!. 근데 이 세 가지는 결과적으로 한 단어로 압축된다. 행복이다. 행복한 인생을 결정하는 필수 불가결한 조건이 이 3가지 일 것이다..

우리는 참 바쁘게 움직인다. 30년 전보다 오히려 더 바쁘고 더 긴박하게 움직인다. 30년 전에는 먹고 사는 문제를 해결하는 것이 대부분이었다면 먹고사는 문제가 해결된 지금 오히려 더 바쁘게 움직인다. 맞벌이를 하지 않으면 안되는 세상, 경력 단절이 무서워 결혼은 꿈도 못 꿔, 가족조차 구성할 수도 없는 사회가 된 지금, 더 풍족한 것 같은데 이상하리만큼 비어있고 가난하다. 상대적 박탈감. 빈부격차. 아무리 잘해도 어차피 나는 파리 목숨.

무엇이든 하지 않으면 안되지만, 또 어떤 것을 해도 성공할 확률
은 갈수록 희박해지는 그런 사회에 실려 쉬지 않고 살고 있다.

나답게 산다는 것이라는 책을 읽은 적이 있다. 그 책의 저자는 이
렇게 묻고 말한다
도대체 어디서 행복은 오는 걸까!. 행복하려고 열심히 사는 것인
데 왜 행복은 가까이 갈수록 멀리 있는 걸까. 비어있는 장바구니
를 생각해보자. 그 속에 무엇을 담을지 생각하기보다는 얼마큼
담을지를 먼저 생각해보는 건 어떨까! 너무 많이 담으면 갖고 가
기 힘들고 너무 없으면 장바구니를 가지고 온 의미가 없고. 조금
적당히 담으면 어떨까! 내 것을 조금 줄이면 집에 가는 길이 편하
지 않을까
내 삶의 약간의 비어있는 공간은 때론 나를 여유롭게 한다. 그리
고 다음에는 무엇으로 채울지 생각하게 한다. 결국 내일의 삶에
목표 한가지는 생긴 셈이 되어버린다.
동요 〈섬 집 아기〉 는 너무 유명하다.

**엄마가 섬 그늘에 굴 따러 가면 아기가 혼자 남아 집을 보다가
바다가 불러 주는 자장노래에 팔 베고 스르르르 잠이 듭니다.**

예전 어느 방송에서 ○○ 교수가 2절이 있다는 것을 알려 준 후
찾아보았다.

**아기는 잠을 곤히 자고 있지만 갈매기 울음소리 맘이 설레어
다 못 찬 굴 바구니 머리에 이고 엄마는 모랫길을 달려옵니다.**

그 교수는 2절을 알려 준 후 이렇게 말을 이어나갔다. 엄마는 아
기를 버린 게 아니었습니다. 엄마는 워킹맘이었어요. 그런데 이
노래에서 가장 빛나는 부분은 '다 못 찬 굴 바구니'예요. 이걸 꽉
채워 갖고 오면 집은 잘 살겠지만, 애 교육이 망가지는 거고요.
텅 비어 갖고 오면 애는 좋아하겠지만 집안 거덜 내는 여자 아니
겠어요? 그 절묘한 긴장과 갈등과 타협의 산물이 '다 못 찬 굴 바
구니'예요. 대충 차자마자 엄마는 달려온 거예요. 어디를? 모랫
길을. 엄마가 해병대야? 그걸 달려온 거예요. 그러니까 너무 욕

심부리지 말고 대충만 채우고 우리 살면 안 될까? 그래서 서로 모자란 것은 앞으로 채워가면서 살면 되지 않을까? 두 갤 다 채우려고 하니까 힘들어 하는 게 아닐까?"(나답게 산다는 것)

삶의 중간지점 오십, 인생이 무엇인지 행복이 무엇인지 다는 몰라도 스케치라도 할 수 있게 된다. 행복은 가득 채우지 않은 다 못 찬 굴 바구니이다. 오십에 욕심부리지 않고 내게 필요한 최소한의 것만 채우고 부족한 것은 나누고 채워주면서 말이다. 거기에 진짜 행복이 숨어 있다.

세금 그렇게 내도 덜 내는 것 같아

인생에는 세금이 없는데, 아 책임이 있다.
살아가기 위해서는 세금이 왜 이리 많을까.

태어났더니 주민세

살아있을 때 좀 줬더니 증여세

죽게 됐더니 상속세

죽으라고 일했더니 갑근세

담배 한 대 피면 담배세

술 한잔 먹어도 주류세

도대체 술에 왜, 뭔데 교육세

이런! 돈 좀 모을까, 저축이라도 하니 재산세

화장품에 웬 농어촌세?

꼬박꼬박 월급 받아 다행이야 소득세

집이라도 한 칸 장만하니 취득세

차량 번호판 사는데도 등록세

집에서 놀고 먹는데도 전기세, 수도세, 가스요금

전기 좀 썼더니 1구간, 2구간. 3구간, 누진세

이 모든 것에 붙은 건 부가세

이렇게 보니 세금도 책임이네

이렇게 내기 위해 죽어나는 건 날세.

그래도 이것저것 다 내고도 살아가는 게 다행인 날세.

멋진 곳은 가까이에도 있다

얼마 전(코로나 이전이니 3년은 됐네) 홍콩에 간 적이 있다. 홍콩의 야경은 멋있다고 하는데 직접 가서 보니 멋있긴 멋있더라. 건물과 건물의 불빛이 만들어 내는 빛의 조화가 대단했고 그 빛들이 바다에 내릴 때 또한 굉장했으며 그 야경을 뒤에 두고 유유히 물 위를 흘러가는 배들의 모습에 감탄했다.

우린 여행을 가서 좋은 곳을 만나면 멋있다. 아름답다를 서슴없이 말한다. 또 좋은 집을 보게 되면 멋있다. 저런 곳에 살고 싶다고 말하고 나는 언제 저런 곳에 살 수 있는지 생각한다.

멋있다, 아름답다고 생각하는 건 우아한 시각과 갖고 싶다라는 욕망을 느끼기에 그렇게 생각하는 건 아닐까. 또 어쩌면 우리가 아무리 노력해도 도달하기 힘든 곳에 대한 세상에 대한 동경의 혼잣말일지도 모른다. 우리가 생각하는 멋진 곳에 대한 대부분은 우리와의 간극이 너무 크다. 그렇다. 문제는 간극이다.

조금만 눈을 멀리 두지 않아도 내 눈앞에 멋진 곳은 얼마든지 있다. 작아도 내가 쉴 수 있는 안식처가 나에게 멋진 곳이며, 일할 수 있는 곳이 있어 부족하게 않게 일상을 살아갈 수 있기에 그곳이 내게 멋진 곳이기도 하다. 아담하고 조용한 카페에서 마시는 차 한잔으로 멋진 분위기를 연출할 수 있고 소중한 친구와의 소주 한 잔 하는 허름한 노포가 내게 멋진 위로가 되는 곳이 될 수 있다.

나의 삶을 조금만 더 자세히 들여다본다면 내 주위에 멋진 곳은 너무 많다. 아니 널려 있다. 다른 이유보다 중요한 이유가 있다면 이것을 알고 있는 나는 이미 오십,멋지게 살고 있기 때문이다.

인생의 데이터를 모으긴 했나

8 , 16, 32, 64, 128, 256, 512, 1T …
컴퓨터의 저장 능력이 날이 갈수록 커진다. 얼마나 더 저장 능력
이 커질까.

20만, 100만, 500만, 1000만, 2000만, …
카메라 화소는 점점 더 높아진다. 얼마나 더 선명하게 담을 수 있
을까.

10층 , 20층, 63층 , 80층 , 100층 , 150층 …
건물은 하루가 다르게 높이 올라간다. 얼마나 더 높이 올라갈 수
있을까.

10대, 20대, 30대, 40대, 50대, 60대, 70대, 80대 …
얼마나 사람의 수명이 더 늘어날지 모르지만, 지금은 50대

10대의 꿈을 20대의 도전을 30대의 열정을 그리고 40대의 경험
을 오십에 나는 다 담을 수 있는 사람인지 스스로에게 물어본다.

누군가를 알아가기 시작했다

사람이 사람을 알아간다는 것은 이상한 일이다, 그리고 어려운
일이다. 적지 않은 시간 그 사람을 지켜봐야 하고 때론 그 사람과
함께 해야 하는 시간이 필요한 일이다.

그 시간에 비례한 만큼 나는 그 사람을 알게 되고 그 사람도 나에
대해 알게 되는 것이다. 습관이 무엇인지, 취미가 무엇인지, 그
시간이 많으면 많아질수록 알게 되는 것이 아니라 모르는 것이
없게 되는 것이다. 그만큼 관심을 안 가질 수 없게 되는 것이다.

마음을 알아간다는 것은 더 어려운 일이다. 그 사람을 아는 것 뿐 아
니라 이해한다는 것이며 공감한다는 것이고 옆에 늘 있다는 것이
다. 기쁨을 함께하며 슬픔도 함께 하는 그런 사이가 된다는 것이다.

누군가를 알게 되는 것, 지켜가는 것. 함께 가는 것, 내가 외롭지
않음을 깨닫게 되는 것이며. 오십에는 더 잘할 수 있는 일이라는
것이다.

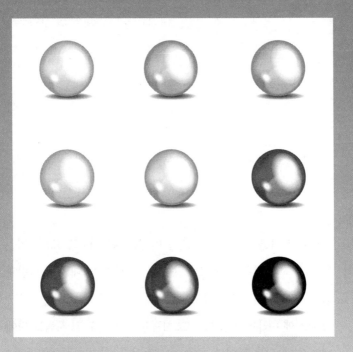

어떻게 있어도
나는 누구에게나
누구에게나 나는
소중하다, 더없이 소중하다

비워야할지, 소유해야할지

사사키 후미오의 저서 〈나는 단순하게 살기로 했다.〉를 읽으면
인생을 가볍게 할 수 있는 것이 소유에 대한 집착이 아니라 버리
고 비우는 것에 있다고 이야기한다. 버리고 비우면서 얻게 되는
자유와 스스로의 가치를 알게 되어 더 행복해질 수 있는 삶을 살
수 있다고 이야기한다.

소유에 대한 집착을 버리고 미니멀한 삶을 나도 꿈꾼다. 하지만
어떤 것을 얻기는 쉬워도 버리기는 더 어려울 때가 있다. 그것을
소유해야 할 때 분명한 이유가 있었기에 소중함을 알고 있기 때
문이다.

우리는 선택을 하게 된다. 비울 것인지, 소유할 것인지.
인생의 정중앙에 들어선 지금, 정말 무엇을 비워야 할지, 소유해
야 할지 선택을 해야 할 것이 너무 많아져 버렸다. 계속 소유하고
싶은 것도 많고, 그만 놓아버리고 싶은 것도 많다. 작게 사업이라

고 시작하자니 직장을 나와야 하고, 그렇게 새로운 현실에 적응
해야 하는데 두려움이 없어지지 않는다. 그 순간 그렇게 삶은 바
로 불안에 있는 그대로 노출 된다.
아마 한 달을 잘 버티고 있구나가 아닌 하루를 어떻게 버티지 하
는 걱정의 나날이 한동안 계속될 것이다.

인생의 정중앙에 도착한 지금, 좀 더 나는 삶을 위해, 지금보다
더 이상 불안해지지 않도록 지금 중요한 것을 버리고 비우는 용
기로 인해 두려움과 걱정을 얻지만 그래도 나는 나를 믿는다.

안길까요

누군가 토닥토닥 등이라도 쓰담쓰담 해주면 좋을 것 같다
손이라도 꼭꼭 잡아주면 좋겠다.
괜찮아, 힘내, 별일 아니야, 힘이 되는 말을 들었으면 좋겠다.

누구라도 지금도 더할 나위 없이 좋은 삶이라고 알아주면 좋겠다
내 마음이 그렇다
한 번, 안길 수 있었으면 좋겠다.

안아줄까요,

전부는 아니라도 많은 걸 이해할 수 있는 나이
경험치도 많이 쌓여있다.
이제 좀 절제라는 걸 할 수 있게 되었다.
감정도 다스릴 줄 알게 되었다고 할 수 있다.
때론 소중한 사람의 마음이 어떤지 많은 말이 필요하지 않아도
알게 되는 능력도 생겼다.

그래 나는 준비하고 기대하고 있다.
누군가가 나에게 안기는 그때를 위해서 따뜻한 온기를 전해 줄
준비를 여지껏 해왔다.

안아줄 준비가 됐다.

불편함에 익숙해질 때도 됐다

불편을 느끼는 삶을 원하지 않지만, 삶이란 행복과 여유를 느끼는 것만큼, 동일한 불편함을 느끼면서 사는 것이 아닐까. 사람이 생활하고 삶을 지속해나가는데 필요한 부분들이 기술의 발달로 손안으로 들어온 지 이미 오래다. 은행이 그렇다. 이미 손안으로 들어와 굳이 은행을 가지 않아도 다 해결된다.

근데 이렇게 편리하게 살기 위해서는 과정이 필요하다. 앱을 깔고, 이것도 용량이 크면 와이파이로 해야 한다. 또 깔린 앱으로 들어가서 여러 가지 검증 작업을 거치고 확인이 되어야 비로소 온전히 일상에 사용할 수 있게 된다. 아! 핸드폰을 바꾸면 다시 처음부터 시작해야 한다.

이것뿐 아니라 다른 것도 마찬가지이다. 조금 더 편하게 지속적으로 생활하기 위해서 몇 번의 불편한 과정을 거쳐야 한다. 아! 그리고 업데이트 꼭 해야 지속해서 사용 가능하다.

내가 여유롭고 편리한 생활을 위해서라면 우린 얼마든지 불편함의 과정을 견딜 수 있다. 하지만 나에게 조금의 도움과 유익이 되지 않는 불편함을 거쳐야 한다는 것은 또 다른 문제임이 틀림없다.

사람과 사람 그 만남의 지속, 그리고 이별이 그렇다. 이별보다는 갈라서다 라고 하는 것이 나을 수도 있고, 결국 사람이 사람에게 불편해지면 불편함이 아니라 이보다 더 밉고 아프게 하는 것도 없다. 직장에서 직장 사람들과, 친구와 사소한 감정의 차이가, 가족 간의 견해의 차이가, 나와 다른 생각을 내가 이해하지 못하고 수용하지 못하는데서 불편함이 시작된다.
나도 그랬지만 그렇게 내가 받는 불편함을 내세울 줄 알았지. 삭이고 이해하는 법을 몰랐다. 하지만 오십이 되어보니 자연스레 익히게 되는 방법 중 하나가 불편함에 어느 정도 익숙해지는 법을 알게 된 것이 아닌가!

얼굴 붉히는 법을 알았다면 다시 편안한 얼굴을 되찾는 법을 알게 되고, 내 불편한 점을 말할 줄 알았다면 상대방의 불편한 소리에 귀 기울 줄 알게 되고. 그렇게 불편함이 익숙해진다는 건 나 말고 나른 사람들을 조금 거 소중히 여길 수 있게 된다는 것이고 이해한다는 것이다. 지금도 계속 불편함에 익숙해진다는 것은 오십이란 삶에 누리는 복이 아닐까.,

불펌함에 익숙해지는 것보다
익숙함 때문에 불편함을 느끼는 것이 아닐까.

왜 그렇게 열심히 일하냐고요?
나이 든 사람이 일도 못하면 잘리잖아요

정년이 확실히 보장된 기업에 다니고 있지 않다면, 태반이 내일의 걱정에 쉬이 잠을 청하지 못하는 날들이 이어지고 있을 것이다. 또 정년이 보장된 기업에 다니는 사람들은 틀림없이 둘 중 하나에 속해 있을 것이다. 하나는 진짜로 큰 사고만 치지 않고 다니면 되는 조직에 있거나, 다른 하나는 진짜로 인성과 실력이 뛰어나 존재감이 확실한 사람이거나,

근데 이렇게 보장된 조직에 속하는 사람 중에도 무난하게 넘어가는 사람이 더 많을까? 아니면 진짜 일 잘하는 사람이 더 많을까? 젊을 땐 열정으로 일하고, 제법 경험이 생겼을 땐 능숙함으로 일한다. 그리고 사말오초, 오십이 가까이 오는 순간, 경험에 비례하여 눈치도 최대치가 된다. 좋게 말해 조직이 돌아가고 사회가 굴러가는 비밀을 굳이 알려고 하지 않아도 알게 되고. 직감으로 계속 가야 할 때와 그만 접어야 할 때를 누가 말을 하지 않아도 눈

치로 알게 되는 것이다.

그래도 일을 가장 열심히 하는 세대가 우리가 아니지 않을까?
왜 그렇게 열심히 일하세요? 그렇게 일한다고 더 받는 것 아니잖
아요. 미래가 장밋빛으로 바뀌는 건 아니잖아요? 라고 누가 나한
테 물어본다면 이렇게 대답해 주고 싶다.
'맞아요. 더 받지도 않죠, 줄지 않으면 다행이죠. 미래가 장미빛
으로 바뀌기도 힘들어도 잿빛으로 바뀌는 건 어렵지 않아요. 그
리고 확실한 것이 하나 있어요. 이렇게 일을 하지 않으면 바로 잘
려요. 인정사정 볼 것 없이 바로 잘려요. 1순위 랍니다' 라고

자존감이 떨어졌다

몇 년 전 인기가 있던 베스트셀러가 기억에 있다. 〈자존감 수업〉
이란 책인데 이 책을 읽으며 정말 공감되는 것이 있다, 바로 자존
감을 높이려면 삶에 대한 만족감을 높여야 한다는 사실이다.

겪어보지 않은 오십을 지나는 중이니 모든 것이 녹록치 않다. 그
래서 그런지 무엇이든 해보자는 용기와 진취적인 생각이 들다
도, 잘못되면 어떡하지, 이러다가 가진 것 다 날려서 망하면 어떡
하냐, 등의 시작도 안 했는데 이미 걱정과 두려움의 감정이 선수
를 치곤 한다. 그러니 무슨 만족감을 찾을 수 있겠나? 매달 들어
가는 아이 학원비, 보험료, 자동차 할부금, 밥 한 끼, 소주 한 잔,
영화 한 편, 이러다가 여행도 한 번 못 갈까 걱정이 태산인데..
무엇을 하든 만족감과 성취감을 조금이라도 높여야 할 텐데. 하
기 전에 걱정이 태산, 자신에게 만족감을 주기에 야박하니 자존
감이 높아질 리 있겠는가.

왜 이럴까? 무슨 일을 할 수 있을까? 고민하고 걱정하는 것이 먼저가 아니다.

나에 필요한 것은 스스로의 만족감을 높이는 것이라 한다면 두 가지만 기억하자.

하나는 스스로의 만족감을 저 높은데다 두지 말 것. 가깝고 소소한 것들에 만족감을 느낄 수 있도록 할 것. 그리고 두 번째는 지금 당신이 있는 이 자리에서 행복할 것, 지금 당신이 어디에 있든 무엇을 하든 행복하지 않다면 절대로 자존감을 회복할 수 없기 때문이다.

늙는다는 증거

늙어서 머리카락이 한 웅큼씩 빠진다.

아니다 머리에 돈 들어갈 나이가 된 것 뿐이다

조금만 운동해도 다음 날 어김없이 아프다. 관절이

괜찮아 근육 이완제, 비타민이 필요한 순간이 온 것 뿐이다.

가까이 있는 것을 보려면 얼굴을 들이밀어야 한다

그렇다 돈이 좀 들어갈지도 모르는 눈 수술이 필요한 시기다

생각날 듯 말 듯 안 떠오르는 이름과 얼굴이 많아진다

맞다 휴대폰에 사진과 이름을 꼬옥 저장해야 할 시기다.

이렇게 자꾸 하나씩 하나씩 위해 무언가 필요해진다는 것

그렇게 돈이 들어간다는 것이다.

다행히 늙는다는 것 외에 아무것도 아니다.

조금 느려지고
조금 떨어져도
아직도 할 수 있는 게 더 많아!

부끄럽지만 부럽습니다

얼마 전 지인의 부탁을 받고 출간을 준비하는 책의 출간 진행을 도와준 적이 있다. 나이가 조금 있으신 시인이신데, 아마 나한테는 이모뻘이라고 하면 맞을까. 여하튼 책의 제목과 편집 등을 같이 하다 보니 책의 내용을 읽어보지 않을 수는 없었다. 그렇게 몇 번의 본문을 읽어보고 난 후 책이 출간이 결정되고, 책의 제목은 {부끄럽습니다}

이 책을 몇 번 읽으면서 저자분이 그토록 제목을 {부끄럽습니다}로 하시기를 원했는지 이해할 수 있었다.

오랜 기간이라고 해야 하는 게 맞을까. 아니면 평생이라 하는 게 맞을까, 어떤 단어로 적어내든 크게 중요하지 않지만, 이런 삶이 평범하게 보여도 가치 있는 삶이라는 것이다.

우리 주위에서 쉽게 만날 수 있는 사람들의 그럼 평범한 삶이지만, 이 무난하고 평범한 삶을 위해 얼마나 많은 감정을 덜어내고 겪어냈는지 모른다.

딸로서, 아내로서, 그리고 부모로서, 그렇게 주어진 역할과 책임을 부족하지 않게 한다는 것이 어찌 쉬운 일일까. 그 와중에 스스로 가치 있는 삶을 위해 하나씩 준비하며 이루는 것을 보고, 대단하다는 말을 듣기도 전에 연신 부끄럽다고 말하는 시인의 말에 많은 사람들이 그토록 원하는 평범한 삶이 주는 깊은 가치를 깨닫게 된다.

시인의 나이가 되기까진 20년이 채 남지 않았다. 그때가 된다면 나는 시인의 말처럼 부끄럽다고 말할 수 있을까. 작은 어느 하나도 딱히 내세울 것이 없다는 부끄러움이 눈에 띄지만, 그렇다고 과하지 않은 삶을 살아온 사람이 말할 수 있는 부끄럽다라는 겸손한 한마디. 나는 말할 수 있을까.

어느 것 하나 넘치지는 않아도, 어느 것 하나 모자라지 않은 삶, 이런 삶을 만날 볼 수 있어서 지금 나는 부끄럽지만 부럽습니다.

꼭 지켜야 하는 말 갔다올께

어느 날 TV 광고에 나오는 이 말. 무심코 보다가 갑자기 이 문장 한마디가 가슴에 그냥 들어와 박혀버렸다. TV를 틀면 하루에도 몇 번씩 보고 듣던 말인데, 갔다올께 라는 그저 늘 쓰던 평범한 말인데 오십이 지나가는 어느 순간에 평범한 말 한마디가 허투루 들리지 않게 돼 버렸다.

갔다올께. 어디든 갈 때가 분명 있다는 말이고, 무엇을 하고 있다는 의미와 해야 할 그 무언가가 있다는 뜻이다. 그리고 또한 내가 다시 돌아갈 곳이 분명히 있고 쉴 곳이 있으며 내가 조금이라도 편하게 있을 수 있는 곳이 존재한다는 의미를 가지고 있다고 할 수 있다

더 중요하고 아름다운 것이 있다면 '갔다올께' 그 말을 할 대상이 있어 듣고 있는 사람이 존재한다는 것이 아름다운 것이 아닐까! 그것도 '늘' 말이다. 분명 듣고 있는 그 사람은 어느 노래 가사처럼 비가 오면 생각나는 그 사람, 잊어야 할 그 사람이 아니라 지

금 내 삶에서 가장 사랑하고 있는 사람이 아닐까.

지금도 아침에 나가면서 아무렇지 않게 무의식적으로 이 말을 쓰지만 '갔다올께'라는 그 말의 큰 의미를 오십이 넘어 알게 된다. 내가 지켜주고 나를 지켜주는 사람에게 전할 수 있는 말 '갔다올게' 그 말에는 혼자가 아니라는 의미와 지켜야 할 대상에 대한 책임감과 꼭 다시 봐야 한다는 다짐과 내가 지금 행복한 삶을 살고 있다는 것을 증명하는 말이 아닐까 싶다. 그래서 오늘은 그 말이 고맙다.

엄마라는 그 이름

세상에 변하지 않는 불변의 진리가 있다면 엄마 없는 사람은 단한 명도 없다는 사실이다. 엄마를 엄마로 여기지 않을 그런 사람은 있을 수는 있어도 사실을 바꾸지는 못한다.

엄마의 아들이라는 사실을 후회해보지도 않았고 후회할 수도 없다. 그리고 '엄마'라는 이름을 대체할 수 있는 이름을 찾지도 못했고 찾을 수도 없었다. 지금이 되어서야 그 사실을 알게 된다.

고향에는 성자가 산다 -김용원

천리 길 달려 남도로 달려가면
비가 새어들고 바람이 들이치는 옛집에
절뚝거리며 마중 나오는 성자가 산다
나보다 나를 더 사랑해주는 그 사람
자신의 모든 것 다 내어 주고도

더 못 주어 안타깝다던 그 사람

그 사람이 있어 세상은 살만했고

생은 축복이라고 생각할 만큼 좋았다

수백 번 자신이 팔렸음에도

한 번도 못난 자식을 탓하지 않았다

신은 자신의 사랑을 전할 길 없어

이 땅에 그 사람을 대신 보내 주셨다

고향에는 성자가 산다

발을 절며 서울가는 나를 마중하는

늙은 예수가 산다

가끔은 엄마가 그렇게 생각이 나는 날이 있다. 오늘이 그렇다

마흔아홉까지 오십하나부터

바나바 - Barnabas way

바나바는 성경에서도 몇 번밖에 언급되지 않은 사람이다. 근데 이 사람의 삶이 예사롭지 않았다. 드러나고 티내지 않으며 묵묵 히 자기의 소유를 통해 공동의 목적을 이루기 위해 애쓰고 또 자 신이 아닌 누군가를 세우려는 삶을 실천했던 사람,

누군가의 아픔을 돌본다는 것, 또 누구를 세워준다는 것, 여유가 있다면 누구든지 그렇게 할 수 있지만, 누구나 할 수 있는 일은 아니다.

Barnabas way- 여유가 있어도, 시간이 있어도 여전히 누구에게 나 어려운 일이다.

이유가 뭘까, 그것은 이웃의 아픔이 나에게는 크게 다가오지 않 기 때문이겠지. 다른 누구에게 비할 바가 없이 내가 훨씬 소중하 기 때문이지 않을까.

하지만 바나바는 우리가 사는 반대의 삶을 살았다. 바나바 이름 의 의미가 '위로의 아들'이라 하니 이름만 들어도 그의 삶을 알

수 있을 것이다. 그가 타인에게 도움이 되고 도울 수 있었던 가장 큰 이유가 '희생'이었음을 생각하게 한다.

지금 손 내밀 수 있다는 것,
누군가는 지금 손 내밀어 주는 사람을 간절히 필요로 한다는 것,
인생에서 한 번의 기회가 간절히 더 필요한 사람이 있다는 것,
누군가의 간절한 또 한 번의 기회를 위해 용서할 수 있다는 것,

위의 것들은 나 역시 젊은때에 생각조차 하지 않았던 것, 아니 굳이 생각해 볼 필요가 없었던 것들이다. 나 살기도 바쁜데, 내가 먼저 살아야지, 내게 무슨 도움이 될지 하며 말이다.
하지만 그 시절이 지나고 나도 채이고, 아프고, 얻으며 잃어가며, 그렇게 인생의 비바람 맞다 보니 비바람에 모난 돌 깍이 듯 사람도 그렇게 다듬어지고 있었다.

마음을 다친 사람들을 위해선 다친 만큼 마음을 열 수 있어야 하지는 않을까. 아니 그보다 더 열 수 있어야 하는 것일까.

믿어주는 것은 한 번은 쉽다. 그러나 두 번, 세 번 믿는 것은 어렵다. 보답이 없으면 실망하기 때문이다. 하지만 바나바는 끝내 실망하지 않는다. 기회가 한 번만 더 있기를 바라는 사람들을 위해 그 사람만큼 간절하게 한 번 더 기회를 주는 사람이 되고 싶다. 바나바는 그렇게 나를 먼저 희생할 줄 아는 사람이었다.

한번 더 참아주고
한번 더 기다려주고
다시 한 번 기회주고
그렇게 누군가를 작게라도 도울 수 있으면 좋겠어

마흔아홉까지 오십하나부터

뭐 ! 그저 그렇다구요. 라는 말

살면서 줄어드는 것 3가지를 선택하라면 무엇을 선택할까?

아마 수십, 수백, 수천 가지가 있을 것이고 사람에 따라서 진짜

다양하게 선택되진 않을까!

글쎄 나 같은 경우 3가지를 말하라고 한다면 음~~~

하나는 수명이고, 또 하나는 체력이고, 나머지 하나는 말!

수명이야 삶은 유한하기에 언젠가 무지개 다리를 건너는 것이 당

연하니 오십을 지난다면 무지개 다리를 건너야 할 확률이 높아지

거나 가까이 가는 건 선택이 아닌 현실이자 필연적 운명이겠지.

그리고 체력도 그래, 그래도 소싯적에는 한 체력 했는데 이제는

아닌 것 같아. 피로가 쉬이 몰려오고. 일단 잠이 좀 없어져, (그래

서 피곤한가?)

운동을 해도 좀 둔해지고 스피드도 많이 떨어진 것을 알게 되더

라고 ㄲㄲㄲ

그리고 말이 그리 많지 않아지는 것 같아. 말이 많아지는 사람도 있겠지만 나 같은 경우는 군이 말을 많이 하려고 하지 않아서인지, 아니면 젊은 시절의 열정적인 감정이 없어져서 그런지 몰라도 말은 좀 준 것 같아.

어제 오랜만에 tv를 보다가 "뭐! 그저 그렇다구요."라는 한마디를 듣게 됐는데 이 문장 한마디가 이상하게 머리에 맴돌더라고.

뭐! 그저 그렇다구요. 이 한 문장에 생각을 많이 하게 할 줄이야 정말 몰랐다.

뭐! 그저 그렇다구요. 한 문장에 얼마나 많은 감정이 숨어 있을까?

됐어요 몰라도 돼요.

알아서 뭘 하게요.

별로예요. 잊을거예요.

군이 말하지 않아도 알고 있죠?

그래요 그냥 이렇게 넘어가자구요

속상해요.

뭐! 그저 그렇다구요. 이 한 문장에 글로 다 표현할 수 없는 사람의 수천 가지, 수만 가지 마음이 들어있을 줄이야.

무심히 지나치던 한 문장 때문에 사람의 마음속 진심을 알게 된다는 사실에 나이 드는 삶은 줄어드는 것이 다가 아님에 안도하며 이 무심한 한마디에 아직 메마르지 않은 감정이 있구나를 알게 되서 고맙고 감사하다.

쉽게 토라지지도
빨리 삐지지도 않으며
평정심 잃지 않고 감정이 쉽게 메마르지도 않아
그래 이것이 오십에야 얻는 행복일지도 몰라

그 흔하고도 어려운 이별을 감당해야 할 때

사람이 세월을 온몸으로 겪는다는 것이 이처럼 힘들고 일어서기
도 힘들 줄이야!

관계란 것이 한순간에 이루어지는 것도 아니고, 또 그리 쉽게 인
연을 맺을 수 있는 것도 더더욱 아니기에 공든 탑 무너지지 않으
려고 갖은 애를 쓰는 것처럼 그렇게 인연이란 관계를 이어가고자
무던히도 애를 쓴다.

지나 보면 여태껏 관계를 맺고 이어가는데 힘을 다 쏟아놓기도
했지만, 이제는 인연을 새로이 만들고 유지하기보다는 인연을 자
연적으로, 정리할 줄도 알아야 할 때가 온 것 같다.

수없이 많은 사람을 만나고. 그중에 누군가와 더 소중한 가족이
되기도 하고, 친구로 남기도 하지만 언젠가 나의 의지와 상관없
이 인연을 마감해야 할 때가 올 것이다.

아무리 소중한 인연도 결국 이별은 있다. 내가 원하지 않는 이별

은 젊을 때에는 없을 줄 만 알았지만, 그 순간들을 다른 누구를 통해서든 직간접적으로 들려오고 경험했지 않나.

이미 누군가는 부모를, 또 누군가는 사랑하는 누구를, 아직은 나는 건너갈 수 없는 무지개 다리를 건너는 것을 경험했으며, 지금은 아니더라도 자신의 잘못과 과오로 인해 "한 번 볼 수 있어"라는 그 짧은 한마디도 전달하기조차 어려운 현실을 감당해야 하는 기약없는 이별을 경험하고 있을 것이다.

좋지 않은 인연은 결코 오래가는 일이 없다. 그러기에 이제는 지금까지 이어진 인연은 얼마나 소중한지도 잘 알고 있으리라. 이제는 새로운 인연보다 소중했던 인연과의 이별을 더 많이 경험해야 할 거 또한 알고 있다.

어쩌면 이제, 소중하고 소중했던 것들과의 하나하나 이별이 더 흔하게 경험할 수밖에 없을 때가 한 걸음, 한 걸음 가까이 다가오고 있다.

오십, 흔하지 않은 이별이 흔하게 다가오는 지금, 이별 또한 인연이었음을 알게 되며 충분히 감당할 수 있게 된 때가 온 것이다.

The Next 03

짐어지는 삶에서
감당하는 삶으로

변화

힘이 들까

힘이 든다

힘이 들다

힘이 빠지다

힘을 내야 한다

힘을 낸다

힘내다

괜찮다 힘들어도

살고 있다

살아 간다

그래도 살아내야 한다

살아 내다

살아 있다

좋다 살고 있어서

그렇게 살아갈 것이다

방심

드디어 프로젝트가 끝났어. 아무것도 안 할거야.
아차차! 지금 나가도 뭔 일 있겠어.
여지껏 아무일도 없었는데 새삼스럽게 뭘.

당신 기분 내가 알 바 아니야
내가 꼭 알아야 해?
컨디션이 좀 안 좋은데 꼭 안가도 되겠지.

알아요, 알아 이번에는 좀 대충 가자구요.
이 말 한다고 뭔 변하는 게 있겠어.
오늘 좀 쉴래.

아무도 못 줘 이건 정말,
휴, 다행이야 내가 아니라서, 시간 벌었으

왜 내가 해야?, 다른 사람이 하면 안 되?

이만 하면 충분해
이젠 됐어

오십이 사소한 방심이
오십에 급급한 욕심이
이후에 낙심이 될 수도 있겠다.

오십, 삶에 대한 진심이 지금 다시 필요한 순간이다.

짊어지는 삶에서 감당하는 삶으로

작년에 개봉한 영화 〈그린나이트〉의 내용은 대략 이렇다.

크리스마스 이브, 아서왕과 원탁의 기사들 앞에 나타난 녹색 기사,

"가장 용맹한 자, 나의 목을 내리치면 명예와 재물을 주겠다"고 제안한다.

단, 1년 후 녹색 예배당에 찾아와 똑같이 자신의 도끼날을 받는다는 조건으로 말이다. 아서왕의 조카 가웨인이 도전에 응하고 마침내 1년 후, 여정을 시작한다.

그 과정에서 산 자와 죽은 자, 초현실적인 존재를 만나고 이들은 가웨인의 여정 속에서 그가 자아를 성찰하도록 돕는다. 버틸락의 성에서 성주 부인의 유혹을 받는 등, 가웨인은 5가지 고난의 관문을 지난 후 마지막에 다시 녹색 기사를 만나 숲에서 마지막 대결을 한다. 이때 가웨인은 기사도 정신에 따라 수락했던 게임에 대비해서 가지고 다니던 상징적인 녹색 띠를 지닌 채 대결에 임

한다.

이 영화를 보면서 불현듯 뇌리를 스치는 말이 있다.
왕이 되려는 자 왕관의 무게를 견뎌라.

가웨인은 호기롭게 행동하며 부와 명예를 얻었지만, 그 기간은
단 1년이다. 다시 녹색 기사를 만나기까지 1년이다. 그 1년 동안
처음에는 너무 좋겠지만 하루, 이틀 시간이 갈수록 커져가는 불
안감으로 얼마나 초조한 마음으로 살았을까? 과연 1년의 삶을
온전히 자기가 원하는 삶을 살 수 있었을까!
마치 누군가 당신의 삶이 이제 1년 남았습니다. 그 시간을 정해
주면 그 사람의 삶은 어떠할까?

누구나 세월은 빗대어 맞을 수 없도록 정직히 나이를 더하며 살
아간다. 10대는 아무것도 몰랐고 20대가 펼쳐지면 사회에 발을
들여놓고 내 인생을 호기롭게, 용기 있게 펼쳐야 한다는 무모한
도전이, 그리고 책임감이 눈치 없이 어깨에 소소히 쌓이며 30대

가 되면 사회에서 자리를 잡아야 하고 결혼도 해야 하고 가정을 이루는 책임감이 그 위에 조금 더 무겁게 쌓인다.

40대는 어떠한가. 가정을 위해 자식을 위해, 아내를 위해 사회에서 도태되는 것이 모든 것이 무너진다는 것으로 정의하고, 밤잠 설쳐 고민하고, 아등바등을 넘어 악으로 깡으로 버텨야 하는 책임이 또 그 위에 갑절로 내려앉는다.

50이 되니 또 어떠한가, 40의 무게 위에 가정을 넘어 자녀를 미래를 위한 책임과 집안의 대소사에 대한 책임은 물론 부모와의 이별, 또 그 누군가와의 이별도 감당해야 하는 외롭고 고단한 시기를 더하고 지나야 이제 작은 것 하나부터 내려놓을 수 있게 되지 않을까!

이렇듯 오십은 아직은 삶의 모든 책임이 쌓여있지만, 누구는 이를 잘 감당하고, 또 다른 누구는 도망치고, 어느 누구는 포기할 수 있는 시기이다.

그러나 오십에는 느끼는 삶의 무게를 내려놓기에 이른 아직이다. 그 무게가 심상치 않아도, 쉽사리 다른데로 옮겨지지 않는다. 그래서 누르는 무게는 동일해도 생각과 사고를 짊어진다는 생각에서 감당한다는 생각으로 전환을 해버리면 어떨까? 이러면 같은 무게이더라도 좀 가볍게 여겨지지 않을까?

사람이란 어떤 상황이라도 대처할 수 있는 능력을 가지고 있기에 내가 왜 짊어져야 해? 라는 현실에 대한 부정적인 자세보다는 이걸 잘 감당할 수 있을까! 라는 긍정적인 생각을 할 때 훨씬 더 올바른 답을 찾을 수 있다.

누구나 편하고 걱정 없이 살고 싶어하지만, 그렇게 보이는 사람은 있어도 그렇게 사는 사람은 단 한 명도 없다. 누구도 자기 삶에 대한 무게는 다 가지고 느끼며 살아간다. 무게를 어떻게 견딜 것인가? 답은 나와 있지 않은가. 짊어지는 것에서 감당하는 것으로 말이다.

왜 내게, 왜 나만, 에서 나니까, 나 밖에,

오십은 이렇게 바꿔도 충분할 때이다.

나는 따뜻한 격려자?

지천명. 공자는 50이 하늘의 뜻을 알 나이라 했다. 개뿔, 집 없고, 변변한 직장 없고, 이미, 까딱하면, 짤리기 쉬운 나인데 어떻게 하늘의 뜻을 알 수 있단 말인가! 나 하나 살기도 벅찬데 무엇에 신경을 쓰며 살 수 있겠는가 하는 말이 아닌가 싶다.

'내가 나를 모르는데 난들 너를 알겠느냐.' 예전 히트한 〈타타타〉라는 노래 가사이다.

요약하면 이렇다. 나 살기도 힘이 드는데 내가 누구를 챙기며 살아야 해.

이렇게 다들 세상이 각박하게 돌아간다고 생각하니 누구를 챙기는 일이 무섭고 버거운 일이 되버렸다. 내가 누구를 아니 단 한 사람이라도 챙기고자 한다면 그 대가는 손해가 되어 고스란히 내게로 온다. 그 손해의 첫 번째가 사람에 대한 두려움이며 두 번째가 다시 또 그런 삶을 경험하고 싶지 않기에 늘 곁에 두는 외로움.

지천명의 나이가 되니 혼자라는 사실보다 더 슬픈 것은 없는 것 같다. 내가 그 누구에게도 위로받을 수 없기에 그 누구도 위로할 수 없다는 사실이 인생의 뼈저린 아픔이 되기 때문이다.

더욱이 자신의 소중한 것들을 내놓고 사람들을 위로하고 격려하며 나누는 삶을 실천하는 것이 현대를 사는 우리에게 매우 어렵게만 보인다.

그러나 소외된 자의 친구가 되어 주고, 아무도 믿어주지 않는 자의 보증인이 되어 주고, 좌절과 실패로 상처 입는 자에게 따뜻한 미소로 끝까지 함께하며 희망을 잃지 않도록 붙들어주며, 그리고 도움이 필요한 자에게 자신의 모든 것을 들여서 도와주는 사람이 된다면 얼마나 좋을까?

자신을 드러내거나 주장하지 않으면서도 상대의 가능성을 발견하여 그것을 실현할 수 있도록 이끌어주는 사람! 지천명, 이제 삶의 방향도 이렇게 바꾸는 것이 어떠한가.

죽음도 이제 먼 나라 이야기는 아니지

오십이 넘어가니 예전보다 죽음을 마주하는 일이 많아졌다. 경사
는 매번 챙기기 힘들어도 애사는 가능한 챙기는 것이 삶의 도리
라 생각하고 주위에 좋지 않은 일이 생기면 먼저 가서 슬픔을 나
누고자 노력한다.

장례식장에 가면은 공통적으로 나누는 말이 있는데 바로 돌아가
신 분의 마지막에 대한 이야기이다. 대부분 호상이라고 하지만,
아마 호상은 없을게다. 그래도 호상이라 말할 수 있는 경우는 다
행이지만 그럴 수도 없는 경우도 있고 해서 쉽사리 이야기하기
어렵다. 그래도 공통적인 부분을 찾자면 거의 다 생의 마지막을
보낸 곳이 병원이라는 사실이다.

아직은 가족들이 다른 선택을 할 수 있는 대안이 마땅히 없기에
그럴 수밖에 없지않나! 하지만 당사자 입장에서는 마지막을 맞이
하고 싶은 장소로 병원을 원하지는 않을 것이다

만약 내가 이제 이별을 앞에 두고 있다면 나는 어떤 선택을 할 수 있을까. 아니 과연 내가 선택할 수 있는 권리를 가질 수는 있기나 할까!

적어도 나는 이런 이별을 맞이하길 소망한다. 내 몸 상태를 정확히 알고 죽음을 미리 준비하는 사람들은 죽음을 향한 여정이 반드시 슬프지만은 않다는 것을 보여주고 싶다. 최후의 순간 가장 소중한 사람들과 밀도 있는 시간을 보내며 삶을 정리하는 것이, 오히려 의미 있고 즐거운 여정이 될 수 있는 그런 죽음을 꿈꾸는 것도 나쁘지 않으리라.
이왕이면 마지막도 잘 준비해서 행복하게 무지개 다리를 건너가고 싶다.

멀리 보아야 지치지 않는다

어느덧 출판을 시작한 지 6년이 좀 지났다. 무슨 배짱으로 출판을 시작했는지 택도 없는 능력으로 출판을 시작하고 시간이 흐르면서 가슴에서 자주 나오는 긴 탄식....

"아. 만만한 것이 아무것도 없구나. 쉽지 않은 길로 들어섰구나. 이러다 망하는 것은 아닌지. 이미 망한지도 모르겠다. 희망과 기대보다는 하면 할수록 쌓이는 걱정. 증명되는 능력 부족, 쌓이지 않는 은행의 +, 쌓이는 -, 결국 적자. ㅋㅋㅋ

그렇게 고비를 굽이굽이 넘고 나니 제법 쌓이는 것이 있다. 맷집, 현 상황에 무덤덤하려는 감각이 만드는 것이고, 버텨야 한다는 생각으로 쌓인다. 현실에 민감하게 반응하면 지금을 어떻게든 넘어갈 수 없다는 것을 알게 되니 버티지 못하면 미래를 맞이할 수 없다는 사실을 알기에 일일이 반응하지 않도록 할 수 있게 해주는 것 맷집.

그렇게 6년이 넘게 지나고 나니 처음 출판을 시작할 때 성공이란

지점에 5%라도 왔을까. 나름대로 열심히 살다 보니 처음보다 한 발자국 조금 앞으로 나오고 있었다.

〈원려〉라는 말이 있다. 멀리 보는 것. 장기적 비전을 갖는 것! 2500년 전 공자는 삶의 희망과 힘이 비전에서 오는 것을 알고 있었다. 미래에 대한 꿈이 선명할수록 시도 때도 다가오는 어려움에 슬기롭게 대처할 수 있으며 현실을 뛰어넘을 수 있게 된다. 현실의 문제는 사라지지 않지만, 이에 대처하는 이기는 힘이 생기고, 적절하게 이 시기를 지나면 목표가 되고 목표에 계획을 입히면 단단히 일어서지 않을까!
시간이 걸려도 꿈이 이루어지지 않을까. 그렇게 조금 더 버티면서 원려하면 꿈들이 선물처럼 주어지지 않을까!

꼭 서울에서 살아야 하는 건 아니잖아

인구 천만의 대도시 서울, 대한민국의 수도이자 정치, 경제, 문화, 금융, 산업의 중심이며, 교육의 중심지이기도 하다. 우리나라 인구의 20%가 서울에서 살고 있으며 아마 수도권까지 합치면 족히 2000만은 될 터이니 좁은 땅에서 전인구의 40% 이상이 죽어라 살고 있다.

1일 지하철 이용자 수 700만, 버스 약 500만, 코로나 땜에 좀 줄었는지 몰라도 24시간 쉬지 않고 움직이는 도시가 서울이다.

이런 도시에서 태어나고 자라고 사회생활을 시작했으나 도대체 여유를 가질 틈이 누구에게는 있었는가? 하고 물으면 아마 많은 사람이 '그런 생각해보지 않았는데', '아니 굳이 해야겠어' 라고 말하는 사람이 꽤 많을 것이다. 그만큼 뒤를 돌아볼 새도 없이 본의가 아니라도 바쁘게 앞만 보고 살아왔던 것이다. 나부터도 이리 살아왔으니 인식하지 못하는 것이 당연한 일 아닌가!

서울에 작은 아파트 한 채라도 장만하려면 무시무시한 집값에 놀라고, 이렇게 무시무시한 집을 겁 없이 장만하는 사람들이 어찌나 많은지에 또 한 번 놀란다. 또 서울에 가야 돈을 벌 수 있다고 하기에 서울에서 사회생활을 하려고 서울로, 서울로 몰려드는 사람들이 줄지 않은 것을 보면 서울이란 도시가 참 대단한 도시인가 싶고, 또 어찌 생각해 보면 그렇게라도 살아야 하는 나와 비슷한 많은 사람의 고민과 아픔을 알 수 있는 도시여서 다행이지만 씁쓸하기도 하다.

나는 조금이라도 빨리 서울을 벗어날 생각을 꿈꾼다. 아마 나뿐 아니라 대부분 사람들이 서울을 벗어나서 저기 저 멀리 있는 제주에서, 차로 한 두 시간 강원에서, 저마다 가깝고 한적한 곳, 작지만 마당 있고 잘 지어진 타운하우스에서 여유로운 자기만의 인생을 살아가기를 꿈꾼다. 근데 이게 쉽지 않다. 로망이다. 일상생활에 불편함을 조금 더 감수해야 하는데 불행히도 서울을 벗어나서 마주할 일상의 조금의 불편함도 감당할 준비가 되어 있지 않다. 준비가 안 된채 도시를 떠난다면 얼마 못 가 도시가 분명 그리워질 것이다.

그럼에도 꼭 서울을 떠나고야 말테다. 조금 더 불편함을 감수할 준비를 하고, 복잡함 대신 간결히 사는 연습을 이제 충분히 할 수 있는 시기다. 편리함을 잃고 불편함을 얻지만, 스트레스를 지우고 여유를 심는 법을 배울 수 있기에 오십은 꼭 떠나기를 준비하기 좋은 시기다. 이젠 모든 것을 다 얻을 수 있는 것은 아니지 않은가!

오십은 어디서든 살아가기 좋은 시기!
삶에 대한 스펙트럼이 넓어졌다.

귀담아듣는 법을 알게 됐다

오십은 사람에게 집중하는 법을 알게 될 때가 아닌지 스스로에게 물어본다.

나에게만 집중하던 시간이 지나가고 세상에서 나보다 더 소중한 사람, 가치를 다 메길 수 없는 그 무엇들이 훨씬 더 많음을 알게 된 지금, 오십에 얻는 가장 큰 소득 중 하나가 있다면 귀담아듣는 법을 알게 된 것이다.

여지껏 매번 들어 왔던 소리였고 한 절만 들어도 기억에 저장된 줄거리라 다 알고 있는 소리라도, 듣고 싶은 소리가 아니어도, 들리지 않았으면 하는 소리라도, 어차피 들어야 할 소리라면 귀 기울이는 편이 낫지 않을까 한다.

그리고 가만히 귀 기울여 들여오는 소리에 집중해 보자. 그리고 마음에 담아보자

거봐, 듣기 잘했지?, 잘해 왔어, 잘하고 있어, 사랑해, 괜찮아, 용기 내, 이겨내

아마 이제 이런 소리가 더 들려오진 않을까?

그만해, 왜 그랬어, 지겨워. 안 듣는데도 왜,

듣기 싫은 소리라도 끝까지 들을 수 있는 때가 되진 않았을까.

귀담아듣는 법을 습관처럼 익히고 들리는 음성을 마음에 저장한

다면 오십은 듣기 싫어도 귀가 열린 때다.

오십은 알아보고 기다릴 수 있다

나를 알기 쉬워도 다른 누군가를 알기는 더 어렵다.
아마 누군가를 굳이 알려고 노력하지 않는다고 하는 편이 지금은
나을 것이다.

사람은 누군가의 관심을 받고 싶어하고 알고 싶어한다.
내가 누군가의 꽃이 될 수 있는지 누군가는 나의 꽃인지.

내가 누군가에게 꽃이 되려면, 누군가는 나에게 꽃이 되고자 한
다면 필요한 건 시간이다.

서두르지 않고 조용히 기다리고 또 기다려서 이쁘고 아름다운 꽃이 필 수 있도록 격려하고 물주면서 기다려보자

기다림이라는 꽤 오랜 시간이 지나면 나는 꽃이 될 수도 있고 꽃을 볼 수 있는 안목을 가질 수도 있을 것이다.

오십에는 조바심 조금 제쳐두고 기다리자.

지킨다와 지켜본다

오십을 지나면서 남아 있는 인생을 위해서 생에 대한 책임감이 더 필요하게 됨을 깨닫게 된다. 그리고 지키는, 그리고 지켜보는 그 어디쯤 나는 어디에 항상 존재하는 것이 적절한지 스스로에게 물어보곤 한다.

그동안 이뤄놓은 것이 얼마나 될까? 아마 이루지 못하고 놓치는 것이 10배, 20배는 더 많았으리라. 그래도 한두 가지 이루어 놓은 것이 있다면 썩 나쁘지 않은 삶을 살아왔구나. 라며 안도의 한숨과 토닥일 수 있는 위안이라도 있어 참 다행인 삶이라고 말할 수 있어 좋다.

그럼 정말 이제 우리에게 필요한 것은 무엇일까? 성공을 위해, 지금까지 보장된 것을 위해 더 무엇이 필요한 것일까. 더이상 잃지 않으려는 몸부림이 필요한 것일까?

지금까지 살아온 우린 인생에 의미를 알기에 조금 생소했던 말,

지킨다, 지켜본다. 이제는 이들과 친해지도록 애써보자.

지킨다. 지키다에 비해 현재진행형라 할 수 있다. 지킨다는 다시 말해 지속적인 노력의 질과 양에 비례하지 않아도 끊임없이 해야 뱉을 수 있는 말이다. 그러므로 지킨다. 이 세 글자는 참으로 어려운 말이다. 지금도 하고 있으며 쉴새 없이 해야 하는 것이며 결국 그럼에도 할 수 있어야 하는 말이다.

성공한 사람들만이 할 수 있는 말이 아니라 실패와 어려움으로부터 지속적으로 견디고 버텨내는 사람들이 더 잘할 수 있는 말이다.

지켜본다는 또 어떤가? 내가 어떤 인생을 펼쳐가는지 궁금한 사람들이 많았다면, 이제는 누군가의 인생을 어떻게 그리는지 내가 볼 수도 있다는 말이 아닐까? 내가 누군가의 아주 작은 도움이 될 수도 있으며, 말로 하지 않아도 조용히 응원하고 있다는 말이다. 그래서 오십의 나는 어쩜 그 누구에게 나침반이 될 수 있는 사람이 되어있다고 할 수 있다.

어렵다. 하지만 운명이듯 따라오는 지킨다와, 지켜보다의 무게는 아무리 B급 인생을 살아도 다 똑같다. 세상에 가벼운 인생은 없지만 그렇다고 끝까지 무거운 인생도 없다. 지킨다, 지켜본다의 무게도 오십에는 가볍지 않지만 감당치 못할 만큼 무겁지도 않다.

지키고 지켜야 할 것들에 최선을 다하는 것
그게 매일 나의 일이고 삶에 대한 예의

자녀의 어깨에 앉아있는 먼지라도 털어 줄 수 있을까

부모가 되고 보니 부모의 무게가 어떠했는지 으레 짐작할 수 있다.

얼마나 그 오랜 시간을 그리고 힘든 시간을 어떻게 버터내실 수 있었는지.

내 기억으로 초등학교 때는 육성회비란 명목으로 중고등학교 때는 등록금으로 월마다, 분기마다 그렇게 12년을 내야 자식을 공부시킬 수 있었으며 대학은 또 어떤가. 대학의 장학금 외에는 장학금이 있었나 할 정도로 많지 않던 시절. 부모는 어떻게 다 뒷바라지 하셨는지, 위대하고 또 위대하며 존경마저 모자란다.

어디 또 그뿐인가. 직장에 들어가면 보증도 서 줘야 되고(처음 직장 생활을 시작했던 그때 그런 시절이 있었다.) 결혼을 하게 되면 집이라도 아니면 방이라도 어떡하든 구해주고, 이게 끝이면 좋으련만 아니다. 손주 돌볼 일도 남아 있다.

그래도 부모님은 그렇게 사시는 게 자녀를 위해 당연하다고 생각하셨을 것이다.

지금이야 고등학교까지 다 무상교육이요, 대학은 또 국가 장학금이 있어서 교육비에 대한 문제는 꽤 많이 해소되었지만. 안타깝게도 거기까지다. 취업할 수 있는 기회는 있으나 문은 좁아지고. 그러다 보니 취업은 자꾸 늦어지고, 당연히 결혼도 늦어지게 되는 것이 아닌가

지금 내가 부모가 되고 나의 부모가 어떠한 마음이었는지 이해할 수 있다. 지금도 그렇지만 부모는 내 어깨에 묻어있는 먼지 한 톨이 무거울까, 그것이 혹시 짐이 될까. 아들과 딸의 인생에 걸림돌이 될까, 내려앉기 무섭게 치우고 계셨다.

그때와 방식은 다르지만, 부모의 사랑은 변하지 않으며 또한 자녀가 갖게 되는 삶의 무게 역시 모습은 달라져도 결코 가볍지 않음을 알게 된다. 아들과 딸이 살아가야 할 삶의 무게는 얼마나 무거울까. 자녀는 어른이 되고. 나는 가야 할 길의 중앙에서 조금씩 벗어나는 지금, 나의 부모가 나에게 그랬던 것처럼 내 자녀의 어깨를 조금이라도 가볍게 털어줄 그 무엇이라도 해줄 수 있을까!

저리다의 무게를 알게 되다

저리다. "강한 감동이나 심한 슬픔 따위로 인해서 아린 듯이 아
프다."

말로 표현할 수 없는 상태를 언어의 단어로 표현해야 할 때 어울
리는 단어가 아닐까.

인생이 처음부터 끝까지 일정한 사이클로 돌아가면 좋겠지만 그
런 인생이 없기에 때가 되면 꼭 경험하고 겪어야 할 일들이 있다.
대입이라는 입시의 큰 고비를 넘어야 20대가 열리며, 좋은 직장
을 다니기 위해서 수없이 많은 시험과 면접을 통과하면, 이미 30
이 코 앞이다.

누구나 원하는 것과 하고 싶은 것을 하기 위해 한 번에 착 감기듯
붙으면 좋겠지만. 냉혹한 현실은 모두에게 그런 기쁨을 허락하지
않는다. 누구에게는 바로 맛볼 수 있기도 하고, 또 누군가에게는
몇 번의 기회를 더 얻은 다음에야 허락될 수 있는 기쁨이다. 또
그때까지도 원하는 기회와 결과를 얻지 못한 남아 있는 누군가의

감정은 쓰리고 쓰디쓴 좌절의 감정이 아닐까!

사랑한다는 것도 그렇지 않을까. 누구나 기억으로 남아 있지만, 첫사랑과 끝까지 함께 할 확률이 얼마나 될까. 내 기억으로는 내가 대학을 다녔을 그 시절, 그렇게 많은 커플이 있었지만 결국 결혼까지 한 건 단 1커플이었다.

사랑이라는 것이 단 한사랑을 위한 것이라 하지만 대다수는 그 단 한 사랑을 일생에 한 번만 하지 않는다. 몇 번이 평균인지 모르지만 중요한 건 단 한 번만 하는 사랑은 소수일 것이다. 이렇듯 단 한 번만의 사랑을 하지 않은 대다수의 누군가는 사랑과 다음 사랑 사이 이별을 꼭 맞이하게 되는데 이 이별이 주는 감정은 아프고 아프다에 가깝다.

그렇듯 아픈 시절이 많았어도 저린 시절은 경험하기 힘든 시절을 지나왔을 것이다. 그러나 이제부터 경험해야 할 저리다는 결국 쓰리다, 아프다와 다른 확연한 그 무엇이 있다.

지금에서야 저리다의 의미를 이해할 수 있고 공감할 수 있는 건 무엇 때문일까?

아프다는 회복할 수 있고 치유할 수 있는 다음 기회를 만날 수 있기 때문이 아닐까! 지금 시험에 떨어져도 다시 몇 번의 기회를 얻을 수 있으며, 지금 누군가와 헤어지는 중으로 이별을 경험하지만, 다시 또 누군가와 만나고 사랑하고 행복할 수 있는 기회를 얻을 수 있다.

하지만 저리다는 그런 기회와 시간이 현저히 줄어든다. 다시 도전하기 쉽지 않다. 그리고 다시 또 그런 감정 맞이하기를 원하지 않는다.

더욱이 누군가를 만나는 것보다 곁에 있는 누군가를 놓아줘야 할 때이고, 다시 볼 수 없음을 준비해야 하기에 저리다의 의미가 더 크게 다가온다. 또다시 쉽사리 도전할 용기가 없음에 대한 상실감과 후회가 아픔이기보다 저리다는 감정으로 가슴에 남는다.

저리다는 것이 그런 것이 아닐까. 아픔을 넘어서는 것을 감내해야 하고 과거에 대한 후회는 뼈저리지만 이겨내야 하고. 표현하기 어렵고 한마디의 말조차 가볍게 내뱉을 수 없이 몸은 떨리고 가슴은 심히 메어지는, 이제부터 제대로 겪어야 할 감정이 아닐까!

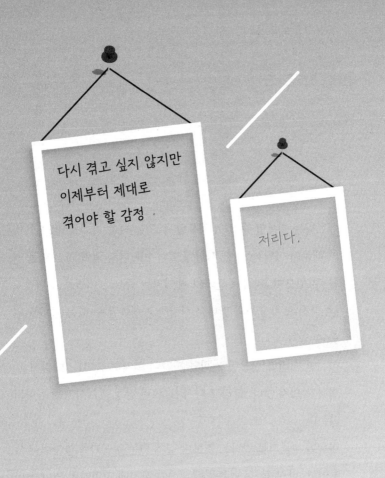

내가 나의 보호자?

오십에 도착하니 세월이 이리 빨리 흐르는 걸 실감할 때가 한두 번이 아니다.

기대수명은 하염없이 늘어가는데 인생을 안정적으로 살아가는 데 필요한 것을 공급하는 능력은 떨어지니 자꾸 불안정해진다. 책임을 질 수밖에 없는 일들은 계속 늘어난다. 주머니는 작아지는데 하마의 입은 계속 커지는 그런 구조가 돼버린다. 그러다가 이때가 되어야만 알게 되는 현실일 수도 있겠구나 싶어 푸념 섞인 작은 위로라도 해보게 된다.

가정을 이끌어가는 가장으로, 자녀들의 교육을 책임지고 있다. 요새 어디 학원 한두 군데 보내지 않은 집이 어디 있으랴, 애가 둘이면 최소 4~5곳은 보내야 그나마 형평성이 맞는다. (학원을 안 보내면 돈이 굳는다? 아니다, 돈은 이상하게 굳지 않는데 애는 할 게 줄어드니 뒤처지고 어울리지 못한다.) 대학을 보내 놓으면 어찌어찌 졸업은 하겠지만 제때에 직장을 잡고 번듯이 하는 놈이 얼마나 될까. 그렇기만 하다면 할렐루야 감사 감사, 결혼이라도 한다고 하면 빚을 내서라도 살아야 할 집이라도 해줘야 한다. 그렇지 않으면 결혼, 그것도 그리 쉽지 않다.

어디 이것뿐이리! 부모님도 챙겨야 한다. 어디 크게 아프시지 않을까 걱정만 하면 다행일 수 있다. 혹시 그렇지 않다면 하나부터 열까지 대부분을 신경 쓰고 책임지며 처리해야 한다.

또 심심치 않게 일어나는 집안의 대소사까지 부모님이 졌던 책임이 이제 다 넘어오는 것도 무시할 수 없다. 그렇다고 안 할 수 없는 일이 하나도 없다. 바로 그게 문제다. 안 할 수 없는 일은 이미 사라져 버리고 꼭 해야만 할 일들이 남아 있기 때문이다.

여기서 그럼 질문 하나, 그럼 나는 누가?

마땅히 그 누군가 떠오르는 사람이 없다. 그 사람을 아무리 생각해보지만 쉽지 않다. 결국 나다. 내가 책임지고 해야 할 일들만 있는 게 아니라, 내가 나를 스스로 책임져야 할 때이기도 하다. 아이러니하고 웃기지만 내가 나를 보듬을 수 있어야 이 모든 걸 감내하고 비로소 웃음을 지을 수 있을 것이다.

그러나 조심할 것이 있다. 내가 무너지면 다 무너진다는 생각, 바로 오만한 오산이다. 크고 작은 산더미 같은 많은 일이 있어도. 책임지고 현실을 수용하고 해결해야 할 것이 있어도 오십에 가까이 있다면 내가 나를 보호해야 할 줄 알아야 즐기면서 할 수 있다. 하지만 나 아니면 누가 하겠어! 나 밖에 없지. 이런 오만한 오산으로부터 버텨내는 것이 오십의 시작이다.

누군가의 우산이 될 수 있다고 생각하지만
누군가가 나를 위해 우산이 될 수는 없는 걸까?
그냥 들고만 있어줘도 숨을 쉴 것 같은데....

지나침을 경계하다

오십이 시작되니 세상이 매일 조금씩 달리 보인다.

지금을 어떻게 헤쳐갈까? 앞에만 보고 달려오고 사는 날이 더 많았는데 살아온 날이 늘어날수록 앞에서 뒤를 보게 되고 옆도 보게 된다. 주위를 조금씩 보게 되는 것이라 할까? 아님 이곳저곳, 기웃기웃 참견이 많아지는 것일까.

요새 불쑥불쑥 머리에 스치는 단어가 있는데 '도를 넘다'이다.

이 비슷한 말이 있을까를 생각해보니 '지나치다. 과하다'라는 단어가 매치가 된다.

지나치다.라는 말에 새겨져 있는 의미는 무얼까?

무엇을 하고 무엇을 얻든지 과하거나 기준을 넘어선 상태. 아니면 요샛말인지는 모르겠는데 생까는 거.

지나치다는 이 말에 이런 의미가 들어가 있을 줄이야..

사람이 살아가는 건 더불어 살아가며 같이 무엇을 이루고자 하는 것인데 지나치다, 도를 넘다는 것은 결국 욕심이 생기거나 나만의 소유할 목적 때문에 공유와 나눔에는 무관심해진다는 뜻이 아닌가?

인생의 절반을 살고 남아 있는 인생의 절반을 살기 위해 서 있는 지금 이 자리가 혹시 욕심과 타인에 대한 무관심으로 살아온 자리가 아닌지 궁금하다.

나로 인해 상처받은 사람은 없는지, 지나친 내 것에 대한 욕심으로 타인의 소유를 강탈한 적은 없는지, 나의 작은 손해도 용납할 수 없어 악착같은 성질과 잔머리를 굴려 가며 결국 다른 사람에게 피해를 전가시키지는 않았는지,

오십이 되어보니 지난 오십의 삶을 정리할 수 있게 되고 살아야 할 남은 오십의 삶에 대한 올바른 방향이 필요함을 알게 된다.

그렇게 지나침을 경계한다는 것을 통해 적절하다라는 의미를 알
게 되고 선을 어디에 적절하게 그어야 하는지 나름 유추할 수 있
다.
이 적절함이 복이 되어 나름대로 과하지 않은 인생을 살아간다는
기쁨이 되는 건 아닐까

불균형을 균형있게 바로 세워 살아가는 것
그것이 오십의 가치를 더하는 일이 아닐까.

왜, 어떻게?

짤방!.

'사람들의 이목을 집중시키기 위해 인터넷상에 올리는 재미있는 사진이나 그림, 동영상 따위를 이르는 말'로 잘리지 않기 위해 하는 것이라고 한다.

이 짤방이 너튜브나, sns를 통해 급격히 확산되고 빠르게 퍼져 나간다. 왜? 이렇게 짤방이 대세가 됐을까.

첫째로 바쁜 현대사회에 짧은 시간 안에 전하고자 하는 의도를 명확히 전할 수 있다. 지금은 아무리 좋은 약이 되는 것이라도 오랜 시간을 필요로 한다면 굳이 들으려 하지도 않는다. 쉬이 지치고, 지루하다고 생각하기 때문에 오랜 시간을 투자하려고 하지 않는다.

두 번째는 결과만을 중요시하기 때문일 것이다.

○○가 뭐 했대, 지금 난리 났어.○○○가 과거에 이런 사람이었대. 기사 떴어, 등 지금 그 사람에 대한 보이는 결과에 모두 집중

한다.

세 번째는 내가 손해를 보고 뒤쳐진다는 생각 때문이다.

하루가 다르고 다르게 흘러가고 자고 나면 세상의 모든 정보들로 홍수가 되는 세상 그 정보의 결과를 알지 못하면 나는 대화가 가능한 주제를 공유하지 못하고 도태된다. 결국 왕따가 되기 싫은 절박함 때문일 것이다.

어쩌면 우린 사회적 도태를 견디지 못할 것이라는 절박함 때문에 짤방에 열광하고 결과에만 집중한다.

지금의 나이가 이제 절박함을 온몸으로 받아내는 때라는 것을 부인하고 싶지는 않지만 그래도 절박하게 살고 싶지 않다고 이야기하고 싶다.

그럼 어떻게 살아야 절박하지만 절박하지 않게 살 수 있을까?

답은 아마 왜 그랬을까, 그리고 어떻게 된 것일까? 있지 않을까.

짤방이 직선적이고 선정적이며 또한 시간 안에 대중이 원하는 정보를 빨리 전달해야 하기 때문에 과정을 생략하고 나오는 결과에만 집중한다. 그리고 좋아요, 구독자 수, 풍선 개수로 평가받는

다. 하지만 결과물에 왜? , 어떻게? 라는 물음표를 붙이게 된다면 한 번쯤은 결과에 이르는 과정과 동기까지 생각할 수 있지 않을까.

결과만으로 누구를 판단하고 만나는 것보다, 왜? 와 어떻게? 를 통해 과정과 동기까지 유추하고 생각할 수 있다면 이해의 폭을 좀 더 넓힐 수 있기에 사람과 사람의 관계가 조금 더 신뢰 갈 수 있게 되지 않을까.

절박함에 결과에만 집중하지 않기
과정을 중요시 할 것
올바른 과정을 지나야 좋은 열매를 맺는다는 것을
명심할 것

첫 세대이자 마지막 세대

불과 2주일 사이에 3번의 장례식이 있었다. 아무래도 나이가 들어간다는 것이 경사보다 애사가 많아진다는 사실에서 실감하게 된다. 그리고 이제 좀 더 있으면 주위에 자녀들의 결혼 소식이 하루가 멀다하고 들려오겠지.

내가 어렸을 적 3대가 함께 사는 집이 참 많았던 걸로 기억한다. 외숙모는 평생을 할머니를 모시고 사셨고, 돌아가신 친할머니 역시 어머니(증조할머니)를 모시고 사셨다. 하물며 나의 외할머니의 장례도 3일 내내 사시던 집에서 치뤘다.

예전에는 가족이 아니면 그 누구도 책임질 수 없었기에 그리할 수 밖에 없었다고 여기지만. 그게 다가 아니었음이 분명하다. 내 가족 그래도 부모는 끝까지 책임져야 한다는 것이 당연한 생각이 아니였을까. 아마 우리의 부모와 부모는 더욱이 더 당연하다고 여기며 어렵고 힘들어도 그렇게 수십 년을 사셨을 것이다.

세상이 변했다. 그것도 너무 빠르게, 위에 말한 일들은 불과 30

년이 안 된 일이다.

만약 지금 누군가 30여 년 전처럼 기존의 부모와 그 부모들이 하던 대로 한다면 고개를 갸우뚱, 이해하기 힘들다고 생각하지 않을까!

이런 일이 나에게 일어난다면, 어찌할까?

그래도 보고 자란 게 있어서 오십을 넘어가고 보니 본대로, 익힌 습관이 있어서 부모와 가족에 대한 예의와 책임감은 어디 다른 누군가에게 넘길 수 없음을 깨닫는다. 나의 위 세대처럼은 못해도 기본은 해야 하지 않을까. 그래야 나중에 덜 후회할 것 같아서 말이다.

어쩌면 오십의 우리는 우리의 부모를 봉양하는 마지막 세대이자 자녀들로부터 봉양을 받지 못하는 처음 세대일 수 있다는 생각이 든다.

그게 좋을 수도 있겠다. 다음 세대에게 존경받는 부모로 기억으로 남아있는 것으로도 충분하다. 그리고 나와 똑같은 책임을 지우지 않아도 되는 것이 현명하기 때문이다.

타인의 아픔에 응답해 줄 때도 됐다

갱년기: 사람이 장년기(壯年期)에서 노년기(老年期)로 접어드는 시기. 보통 마흔에서 쉰 살 무렵부터 신체 기능이나 대사 작용에 장애가 발생하게 되는데 여성의 경우 월경이 없어지고 여성 호르몬이 감소 되는 신체적 변화와 불안이나 우울증 등의 정신적 변화를 겪는다. 남성의 경우 성욕이 감퇴하는 경우가 있으나 두드러진 증상은 없다.

오십이 될 때까지 절대로 경험하지 못하는 것이 하나 있다면 갱년기가 아닐까! 물론 사람에게 따라 시기는 좀 다를 것이지만, 보통 오십에 가까이 오거나 들어서야 겪게 되는 신체와 마음이 겪는 변화의 시기가 갱년기 맞을듯싶다.

신체의 변화는 누구나 다 겉으로 나타나지만, 마음의 변화는 그렇지 않다.

우울증이 올 수도 있고 감정이 여려져 눈물이 많아질 수도 있고 욱할 수도 있고, 사람마다 조금씩 다르겠지만 감정의 변화는 남성, 여성 모두가 겪는 변화이다.

오십이 되면 아프다. 몸도 아픈 곳이 많아지지만, 마음도 아프다. 근데 나만 아픈 것이 아니다. 이 시대를 살고 있는 오십의 언저리에 있는 사람들 모두 아프다.
아프지 않기 위해 무던히도 애쓰고 더 노력하기 때문에 아픈 줄 모르겠지만 사실 오십은 내색하기 않기 위해 짓는 웃음 뒤에 실은 더 아프다.

같은 처지에 있는 사람이 더 잘 이해한다고들 한다. 더 맘이 통한다고 한다.
겪어봐서 더 잘 안다고 한다. 오십이 되기 전에 이해하고 통한다고 생각했던 것들 가운데 자신에게 이익이 되지 않아도 통했던 것이 있다면 얼마나 될까!
이제 나 말고 다른 사람에 아픔에 응답해 줄 때도 된 것 같다. 그렇게 속 좁은 사람이 되지 않게 돼서 다행이다. 그리고 오십이 주

는 진정한 행복의 가치가 사람에 대한 공감과 공유의 폭이 넓어

지게 됨을 알게 되는 것이 아닌가!

"당신의 말 한마디에 그 사람이 달라졌다고 생각하세요?

아마도 아닐걸요

당신의 조언이 옳아서가 아니라 당신의 말이 필요한 시점이었기 때

문일걸요

그 사람이 찾고 있던 말을 당신이 해주었기 때문일걸요"

〈슬기로운 언어생활〉 중

오십이 감사하다. 이제 다른 누구에게 대답할 용기라도 가졌기

때문이다.

그저 말 한마디 건넸을 뿐인데...
그저 깨톡하나 보냈을 뿐인데...
그게 내가 할 수 있는 최선이라 생각했는데...
그게 너에게 용기가 될 줄이야...

그럼에도 꾸준히 살아갈 것

현타 : 현실 자각 타임. 자신의 실제 생활을 깨닫는 시간

오십이 되니 현타가 아주 세게 오는 경우가 종종 있다.

봄이 오기 바로 전 운동을 하다가 무릎 뒤 인대를 다쳤다. 2~3주면 회복이 가능할 줄 알았는데 아직도 좀 불편하다. 이럴 때 제재로 현타가 온다. 나이가 이제 먹긴 먹었구나.

이제 주위에 보면 직장생활을 계속하는 분들도 많이 줄었다. 어떤 사람은 자의 반 타의 반으로 직장을 그만두고 집을 팔아 외곽에 직은 건물을 사서 편의점을 시작하는 분도 있으며 또 친구는 몇 년 전 명퇴를 고민했으나 다행히 아직까지 직장생활을 하지만 승진은 언강생심, 정년을 다 채웠으면 하는 것으로 만족한다고 한다.

주위를 둘러보면 불과 우리가 처음 직장생활을 시작할 때 세상에서 당연할 줄 알았던 것들이 이젠 소박한 꿈이요, 크나큰 희망 사항이 되어버렸다.

그럼에도 불구하고 돌이켜보면 쉴틈없이 부지런했고 고단한 인생이었다. 성공을 위해서보다. 남들과 다르지 않게, 평범하게 살기 위해 노력했지만, 성공하지 못했다고 어느 누구의 삶도 격랑의 세월을 온몸으로 받아내며 기꺼이 고통을 감내하지 않았던 삶은 없었으리라.

처음 사회에 발을 내딛던 20대가 그랬고 30대가 그랬으며 40대도 변치 않았다.

이런 인생을 버티면 오십에 이르면 조금 더 인생이 여유 있지 않을까 했지만 오십이 되어보니 꼭 이런 삶이 펼쳐지지 않는다. 해결해야 할 더 무거운 책임감이 누구에게나 어깨에 얹히고 또 다른 누구에게는 고독과 허망함이 제대로 가슴 한가운데를 두드리며 지나간다..

'나는 지금 제대로 살아오고 있는 걸까'이쯤되면 스스로 이런 질문을 마주하게 되지 않을까!

다산은 사십이 될 무렵에 유교를 믿지 않는다는 이유로 그동안 이루었던 모든 걸 잃고 유배를 당해 18년을 죄인으로의 삶을 살게 된다. 이러한 상황에서 다산은 자신의 생이 혹시 헛돈 것은 아닌가 하는 의심과 싸우며 오십대를 만나고 또 보낸다.

다산은 18년의 유배 생활을 통해 무엇을 얻었을까. 다산은 오십하나에 마음의 공허함과 절망으로부터 벗어나게 한 깨달음을 40권 〈논어고금주〉로 정리했다.

'好之者不如樂之者 호지자 불여락지자' (좋아하는 것은 즐기는 것만 못하다)

논어에 나오는 이 한 절이 다산이 깨달은 인생의 의미 가운데 하나이지 않을까!

'나는 제대로 살아온 것일까?' 라는 질문에 '나는 제대로 살 수 있을까?' 라는 질문에서 답을 찾아야 하는 인생의 변곡점에 다가온 지금, 나의 마음은 제대로 살 준비가 되어있는지 스스로 질문하고 질문하며 확인한다.

어떻게 제대로 살 수 있을까? 그 답을 '좋아하는 것은 즐기는 것만 못하다'라는 논어의 한 구절에서 찾아본다.

인생을 즐긴다는 것은 여간 어려운 일이 아닌가! 그럼에도 즐기며 살아야 한다는 것은 즐기지 않으면 살아 낼 수 없다는 뜻이 아닐까!

지금의 나의 모습을 받아들이는 것이 지옥 같은 현실에서 벗어나는 첫걸음이며, 이기는 방법을 찾는 길이다. 어차피 인정해야 할 현실이면 받아들이고 고통은 반드시 지나가는 즐거움이라 생각해야지, 현실을 지옥처럼 살 수 없지 않은가.

오십이 지나는 동안 무수히 많은 어려움이 나와 마주하게 될지 모른다. 좋아하지 않는 일을 스트레스를 받으며 계속해야 할 경우도 생긴다. 원치 않는 책임감을 짊어질 때도 있으며, 예상하지 못한 실패와 마주할 수도 있지만, 인생이 오십에서 끝나는 것이 아니라 다시 절반이 시작되는 출발이기에 그럼에도 꾸준히 살아야 한다. 오십의 인생은 이제부터 그냥 살아지는 게 아니라 죽을 힘으로 살아내야 할 일들이 더 많기 때문이다.

친구가 있어서 영광이다

요새 하도 코로나가 심해서 하루에 수만이 발생하니 난리가 아니다.

이런 코시국을 빗대어 하는 말인지 몰라도 주위에 코로나 걸린 사람이 없으면 인간관계에 문제가 있는 사람이다라는 말이 도는 걸 보니 얼핏 맞는 말인 것 같기도 하고 한편 웃기기도 하다. 그만큼 사람은 혼자서 살 수 없는 것, 누군가와 필연적으로 엮어져야 살 수 있다는 말이다.

아는 사람, 무슨 사장님, 대표님, 부장님, 과장님, 직장 동료, 대학 동기 등, 인간관계와 소속에 따라 부르는 호칭은 달라도 쉽사리 쓰지 못하는 말이 있다.

바로 '친구'

친구가 뭘까. 어떻게, 왜 친구가 될까? 친구:"친하게 오래 만난 사이"라고 정의한다. 친구는 처음부터 어떤 목적을 가지고 되지 않는다. 만약 그런 경우라면 적어도 한쪽에서 목적을 이룬 경우라면 그런 사이는 깨지게 된다. 그러기에 친구는 목적을 가지고 만들어지지 않는다. 만들 수도 없다. 나도 모르고 그도 모르게 어느새 친구가 된다.

나에게는 고등학교 친구들이 있다, 벌써 35년이 넘었다 zz .. 오래도 됐다. 징글징글하다. 늘 자기 집을 자의 반 타의 반으로 투덜거리면서 제공해야 했던 놈이 있었고, 술 먹고 남의 집 위의 지붕을 평지인 듯 뛰어다니던 놈도 있으며, 공부는 잘해서 천재란 소릴 들으면서도, 사고쳐서 늘 뒤치닥거리해야 하는 놈도 있었다. 고스톱 치면 잃을 걸 뻔히 알면서도 성자와 같은 아량으로 돈을 준비해 오는 놈은 지금도 있다, z

과거형이냐고! 징글징글 하지만 아직도 옆에 있다. 같이 사는 그녀에게 때때로 혼나기 일쑤, 그렇게 가까이 있지 않아도 그렇게 멀리 있지도 않다(거리가 문제이랴).

왜 그런지 이유는 없다, 찾을 수도 없다. 굳이 이유를 찾아야 할 필요성을 느끼지 못한다. 오십이 넘도록 아직 붙어 있는 걸 보니 친구가 맞다, 왜 그래, 뭐 땜에 그런 말이 이제 필요치 않다.

우린 이런 친구 한두 명 다 가지고 있다. 젊은 시절의 폭풍같이
우기던 땡깡과 우격다짐의 시절이 밀려가고 그러면 그렇지 뭐,
라는 아쉬움과 안타까움 역시 우리 역사의 뒤안길로 사라진 지
금, 그래도 지금도 볼 수 있어서 다행이야라는 안도의 한숨과 오
래도록 연락을 못해도 잘 살고 있다는 믿음을 저버리지 않는 것
이 친구라는 것을 알기에 이렇게 이야기할 때도 된 것 같다.

친구가 되어줘서 영광이다.

알고 있어 언제나,
어딘가 옆에 있다는 걸!
고맙다.

올바르다는 것

사람이란 끝없는 욕망의 덩어리다.

사는 게 누구나 다 그렇듯 무언가를 채우고, 비워지기 전에 또 채우고, 백만장자는 억만장자가 되기 위해 주머니 터지는 기쁨이라도 누릴 양 계속 채워나간다. 또 남 주기 아까우니 채우고……

우리가 사는 인생이란 여기서 한 치도 벗어나지 않은 체, 계속 주머니 채우기에 급급하고, 채우고 불어나는 재미에 하염없이 빠져들고 아예 채우기보다는 이제는 쓸어 담는 것이 만족이라고 여기는 듯하다.

무언가를 지속적으로 채우지 않는다면 타인보다 한두 발짝 매번 뒤처지는 것이 당연한 듯 생각하며 이런 삶을 살지 않으면 어느 것 하나 제대로 손에 쥘 수 없다는 조바심이 휘감는다, 반대로 그렇지 않은 베짱이와 같은 삶을 살다가는 헉 소리조차 내뱉을 수 없는 현실을 마주하게 되면 숨 쉬는 것조차 사치라고 여길지도 모른다.

명예, 권력, 돈, 아파트, 땅, 좋은 것은 가질수록 더 탐나는 것이 인간의 마음이 아닐까? 그러나 인간이라면 어떻게 가지고 얻어야 하는지 깊고 긴 생각을 해봐야 한다.

앞뒤 가리지 않고, 수단과 방법을 가리지 않고 채우고 얻는 나와는 이제 안녕을 고해야 하지 않을까. 바르게 얻지 못한 것은 먼 훗날이라도 반드시 탈이 나게 마련, 그게 세상의 이치다.

부동산으로 온 나라가 난리다. 오르면 오른다고 난리, 떨어지면 떨어진다고 곡소리, 시기가 시기인만큼 리더라 하는 사람들이 서로 권력의 정점에 서고자 이 또한 난리다. 이상하리만큼 타인의 잘못과 단점은 눈에 더 정확히 들어오고 자신의 과오는 무슨 수를 써서라도 덮으려고 하며, 또 이를 빌미로 앞서가려고 사람들은 불의를 정의로 포장하고 상대방의 오류와 의혹은 범죄로 만들려는 상식 밖의 상식이 마치 시대정신이 돼버린 것 같은 사회에 살고 있기에 허망하다는 말만 나올 뿐이다. 또 그렇게 리더라 하는 사람들이 안쓰러울 뿐이다.

오십! 이미 얻을 것은 얻고 잃어버린 것은 이미 잃어버린 우리는 무엇을 지향해야 할까?

무엇을 얻기 위해서 수단과 방법을 가리지 않는 것이 아니라 바른 방향과 정도의 길을 가야 채우고 얻을 수 있는 삶이 허락되어야 한다.

또 남의 들보를 보기 전에 나의 들보를 먼저 보고 고쳐야 한다. 오죽하면 성경에 남의 눈에 들보는 보면서 내 눈 속에 들보는 보지 못하느냐'라고 기록해 놓았을까.

- 欲明明德於天下者 先治其國 欲治其國者 先齊其家 欲齊其家者 先修其身

욕명명덕어천하자 선치기국 욕치기국자 선제기가 욕제기가자 선수기신

欲修其身者 先正其心 欲正其心者 先誠其意 欲誠其意者 先致其知 致知在格物

욕수신자 선정기심 욕정기심자 선성기의 욕성기의자 선치기지 치지재격물

2500년 전 공자가 한 말이다.

자신의 리더십을 세상에 밝혀 보고자 했던 사람들은, 먼저 자기 일터부터 잘 이끌었고, 자기 일터를 잘 이끌고자 했던 사람들은, 먼저 자기 집안부터 잘 단속하였으며, 자기 집안을 잘 단속하고자 했던 사람들은, 먼저 자신의 몸가짐, 언행부터 닦았고, 자신의 몸을 닦고자 했던 사람들은, 먼저 자신의 마음을 바르게 하였으며, 자신의 마음을 바르게 하고자 했던 사람들은 먼저 자신의 생각을 진실되게 가졌고, 자신의 생각을 진실되게 가지고자 했던 사람들은, 먼저 자신의 앎을 극대화했는데 자신의 앎을 극대화하는 방법은 사물의 이치를 연구하는 데에 달려 있다는 말이다. 결국 리더를 꿈꾸는 사람들은 한결같이 모두 자신을 닦는 일을 근본으로 삼아야 한다는 말이다. (공자의 담론)

오십에 어디서든 리더가 되기를 꿈꾸지만, 내로남불의 시대. 권력의 욕심을 아욕 [我慾]으로 채워가는 시대에 진정한 리더를 위한 수천 년 전 성경의 한 구절이, 그리고 공자의 말이 예사롭게 들리지 않는다.

언제나 말하던 입에 밴 그 말
나중에... 나중에...

오십이 되면 말이다. 말이 많아진다. 할 말이 많아지는 것이 아니라 하지 말아야 할 말을 하는 경우가 많아진다. 꼭 해야 할 말은 하지 않게 되고 쓸데없이 이제 나이 좀 먹었다고, 철 좀 들었다고 여기에 귀를 기웃, 저기에 귀를 바짝 세우고 어찌 참견 한 번 해 볼까나 쓸데없이 말을 던지고 머쓱해 하며 대단한 말 한마디 뱉어낸 것 같아 목소리에 힘이 들어가기도 한다.

정작 소중하고 중요한 순간에 꼭 해야 할 일들이 있는데도 불구하고 일상의 무의미하게 던지는 말 나중에, 나중에....

나이 오십에 부모의 나이는 대부분 80 언저리, 부모가 얼굴 한번 보자고 한 번 오라 하면 단 한 번도 나중에, 다음에 시간 내 갈게 하지 않고 바로 찾아뵌 사람 얼마나 있을까.

주말에 지인의 초대에 가야 하는 것이 맞지만 때론 갖은 핑계를 만들면서 가고 싶지 않아 오늘은 미안하다며 나중에, 다음에는 꼭 갈게 하는 사람 혹시 나는 아닐까.

길 가다가, 톡 하다가, 어느 모임에서 우연히 만나고 연결된 그 옛날 어느 시절의 그 사람을 보면서 반갑게 이야기하다가 그래 나중에 우리 한번 보자 꼭 하며 무의미하게 던진 말. 한 번도 실천하지 않는 사람 혹시 나는 아닐까.

빈번하게 사용하는 나중에라는 말에는 어쩌면 정말 소중한 것과 그렇지 않은 것을 구분하지 못하고 그저 내가 셋팅 해놓은 일상의 편안함이 깨질까 두려운 삶에 대한 최선의 방어선일지 모른다.

아직은 잘 느끼지 못할 수도, 경험하지 못할지도 모르지만, 나중에라는 그 말. 그리 좋은 뜻은 아닐 수도 있겠다 싶다. 잠시 시간을 벌기 위해, 일시적인 감정의 큰 변화를 안정시킬 수 있는 효과도 있겠지만, 아쉬움과 섭섭함이 남아 있는 상태를 나타내는 말이기 때문이다.

나를 정말 소중히 생각하는 가족, 부모, 친구, 또 누군가 나중에라는 말을 듣는다면 실망한 것이고 아쉬울 것이고 미련을 버리지 못할 것이며 또 나와 그리 상관없는 누군가가 나중에, 라는 말을 듣는다면, 그럼 그렇지, 그냥 하는 이야기지, 형식이지 뭐, 나도 그럴텐데 라며 대수롭지 않게 나를 생각할 수 있게 될테니 말이다. 그래서 오십에 나중에, 나중에라는 그 말, 쉽사리 쓸 수 있는 말은 아니다.

때론 상황을 넘기기에 꼭 필요한 말일 수 있지만 아직은 필요하지 않을 때가 더 많이 있으니 말이다.

'나중에'라는 그 말, 꼭 보고 싶은 사람, 꼭 봐야 할 사람, 못 보게 하는 용기 내지 못하게 하는 나를 잡아두는 말일 수도 있고, 한번은 들어야 할 말, 못 듣게 하는 귀를 막는 말일 수도 있다.

혹시 알까. 오십에 빈번한 나중에 나중에, 빈번한 그 말이 뼈저린 후회를 가져온다는 사실을 말이다.

나중에, 나중에 그 말 뒤에
결국 빈 의자만 남게 될지 몰라

비법

오늘 하루 충실할 것
웃는 얼굴 잃지 않게 노력할 것
밥 잘 먹을 것

사람과 사람에 실망보다 기대를 더 품을 것
책임감을 가지고 야무지게 일할 것
쉽게 흥분하지 말 것

무리하게 노는 게 쉼이 될 수 없음을 인지할 것

스스로의 감정에 충실할 것

끝까지 자존감을 잃지 않기

그리고

소중한 나의 삶과 사람들에게 언제나 감사할 것

소박하지만,

행복한 삶을 사는 이것이 나만의 인생 비법

끝이 아닌 다시 시작이다

오십은 끝이 아니다. 새로운 시작이다.
20대, 30대, 40대를 지나 배우고 익히고 경험했던 모는 것들을
하나로 풀어내기 좋은 시간이다. 무엇을 하기에 이보다 더 잘 어
울릴 때가 없으니 이제부터 만개할 시기이다.

지금은 버틸 수 있다면 버텨라
직장에 몸을 담고 있다면 한눈팔지 말고 그때까지 최선을 버텨라
명퇴, 실직, 두려움이 앞에 있어도 떨지 말라 .
시간은 또 다른 길을 분명히 찾아갈 것이다.

함께 가라

혼자 가지 말고 함께 가라

위로하면서 위로받으면서 보듬으며 함께 가라

오십은 끝이 아니다.

모든 것을 감당하고 새로워지는 길을 찾을 수 있는 출발이다.

남몰래 애쓰고 있는 오십에게

지금을 마주하기까지 얼마나 애쓰며 살아왔는지. 아는 사람조차 다 모른다.

무던히도 나만을 위해 살아온 줄 알았는데 나의 애씀이 누군가의 기쁨이고, 행복이었음을 알 수 있어 미소가 번지는 얼굴을 가질 수 있게 됐다

그러나 이제 꼭 그렇게 살지 않기를 바란다. 남몰래 그렇게 살아온 당신의 몸이 얼마나 상했는지 그런 당신의 마음은 얼마나 피폐해 졌는지. 하지만 오늘부터 편안해졌으면 좋겠다.

힘이 들면 쉼을 얻기를 바라고 아픈 곳이 있으면 치료받기를 바라고 마음에 상처가 깊이 패어 있다면 새 살이 올라올 때까지 위로 받았으면 좋겠다.

여지껏 남몰래 애쓰던 당신의 모습만 보고 있었다면 이제 자신을 위해 애쓰는 모습을 볼 수 있었으면 좋겠다.

천천히 걷기
함께 다니기
멈추고 숨 고르기
속으로 삭이지 않기
웃어보기

이제부터 나를 위해 꼭 해야할 일

세월은 가고 있어도 최선을 다해 살아갑시다

인생의 중간지점에 다다른 오십을 말하는 또 다른 말 Middie Age

무수히 많은 인생의 우여곡절과 이겨 낼 수 없을거라 여겼던 수 많은 인생의 굴곡들을 거쳐야 맞이하는 지금이야말로 누구에게 는 가슴 벅찬 현실이며, 또 누구에게는 다시 기억하고 싶지 않은 기억들로 가득 차 있을 때이기도 하다.

그래도 지금까지 살아있다는 건 결코 나쁘지 않은 결과이다. 살 아온 시간에는 좋지 않은 결과보다 좋은 결과가 더 많았기에 말 이다, 그리고 슬프고 고통의 나날보다 기쁘고 행복한 순간들이 훨씬 더 많았기에 지금까지 올 수 있었음을 기억하자.

오십, 지나는 순간순간이 또 얼마나 행복할지. 무엇이 우리를 아 프게 할지 잘 모르지만 그래도 소나기 온 그 자리, 젖지 않은 사 과박스 아래만큼의 여유라도 갖고 살 수 있는 시기는 아닌가.

그러니 이제라도 감정에 충실하기보다 넉넉한 가슴을 품을 수 있는 여유를 가지고 가야 할 길을 가는 것이 어떨까.

급하게 뛰어가기보다 조금 속도를 늦춰 여유를 가지고 걸어가며 앞만 보고 달리기보다 뒤도 볼 줄 알고 사이드도 챙길 수 있게 천천히 가보도록.

그러다 보면 목표는 못 이룰지 몰라도 삶은 목적은 알게 될 것이며 채우고 또 채워야 하는 삶에서 비우고 모자란 것이 얼마나 큰 삶인지 알게 될 수 있을 것이다.

최선을 다해 산다는 것,

꿈을 이루고 조금 더 높은 곳으로 오르고자 했던 삶이 맞이하는 지금이라는 순간에 나를 맡기고 거스르지 않고 순간을 살아낸다는 것, 이제 그것이 최선의 삶이 아닐까.

에필로그

미생을 지나 완생을 만났다

살아있으나 완전하게 살아 있지 못한 상태 미생.
완전히 살아 있는 상태 완생

오십을 만날때까지 우리가 살아온 삶이 미생의 상태가 아니였을
까?
무엇은 계속하고 있으나 아직은 부족하고, 노력에 비해 결과는
작고, 책임은 늘고 있으나 늘어나는 책임은 감당하기 어려운 이
런 인생, 미생의 인생이 계속되었던 시절, 오십을 마주하기 전까
지 말이다.
그러나 그렇게 미생의 삶을 살아내니 완생을 만나는 운도 따라왔
다.
오십이 되니까 말이다. 오십이 되면 생각이 달라진다고 한다. 마
음이 바뀐다고 한다. 여유가 생긴다고 한다.
그렇게 오십은 사는 법을 알게 된다.

잘사는 법이 아닌 살아가는 법을 알게 된다. 사람을 만나는 법이 아닌 대하는 법을 알게 된다. 생각만 전하는 법이 아닌 마음도 전하는 법을 알게 된다.

그렇게 인생이 변한다. 사는 방식은 변하지 않아도, 살아내는 법이 변한다.

오십은 완생의 처음이다. 이제 그 발걸음이 시작되는 때이다.

오십의 시작에서 완생을 만났다.